火华忆名人

火　华著

内蒙古人民出版社

图书在版编目（CIP）数据
火华忆名人 / 火华著 . -- 呼和浩特 : 内蒙古人民出版社 , 2018.12
ISBN 978-7-204-15785-3
Ⅰ . ①火… Ⅱ . ①火… Ⅲ . ①纪实文学－中国－当代
Ⅳ . ① I25
中国版本图书馆 CIP 数据核字 (2018) 第 299132 号

火华忆名人

作　　者　火 华
责任编辑　王世喜
封面设计　郑 华
责任校对　李向东
责任印刷　王丽燕
出版发行　内蒙古人民出版社
地　　址　呼和浩特市新城区中山东路 8 号波士名人国际 B 座 5 楼
印　　刷　内蒙古爱信达教育印务有限责任公司
开　　本　710×1000 1/16
印　　张　14.125
字　　数　160 千
版　　次　2018 年 12 月第一版
印　　次　2019 年 3 月第 1 次印刷
印　　数　1-3000 册
书　　号　ISBN 978-7-204-15785-3
定　　价　64.00 元

如发现印装质量问题，请与我社联系。
联系电话：（0471）3946230
网址：http://www.nmgrmcbs.com

向老挝总理通伦·西苏里赠送光碟《火华的歌》

向柬埔寨西哈努克亲王的女儿帕花黛维公主赠送书法作品“齐天洪福”

在莫斯科社会大学讲话并送书法“经天纬地”

应邀与新加坡塞拉潘·R·纳丹总统一起观看晚会

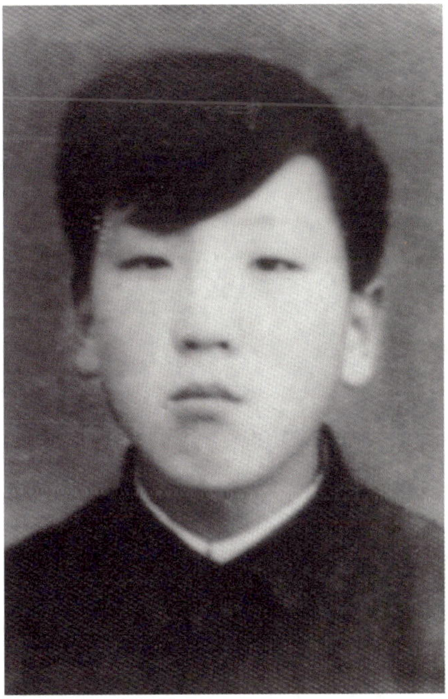

中学时代

大学时代（前左一）

入伍后的一家人

军旅生涯

在内蒙古文化系统党代会上作报告

访问日本时与时任中国驻日本大使王毅合影

书法作品

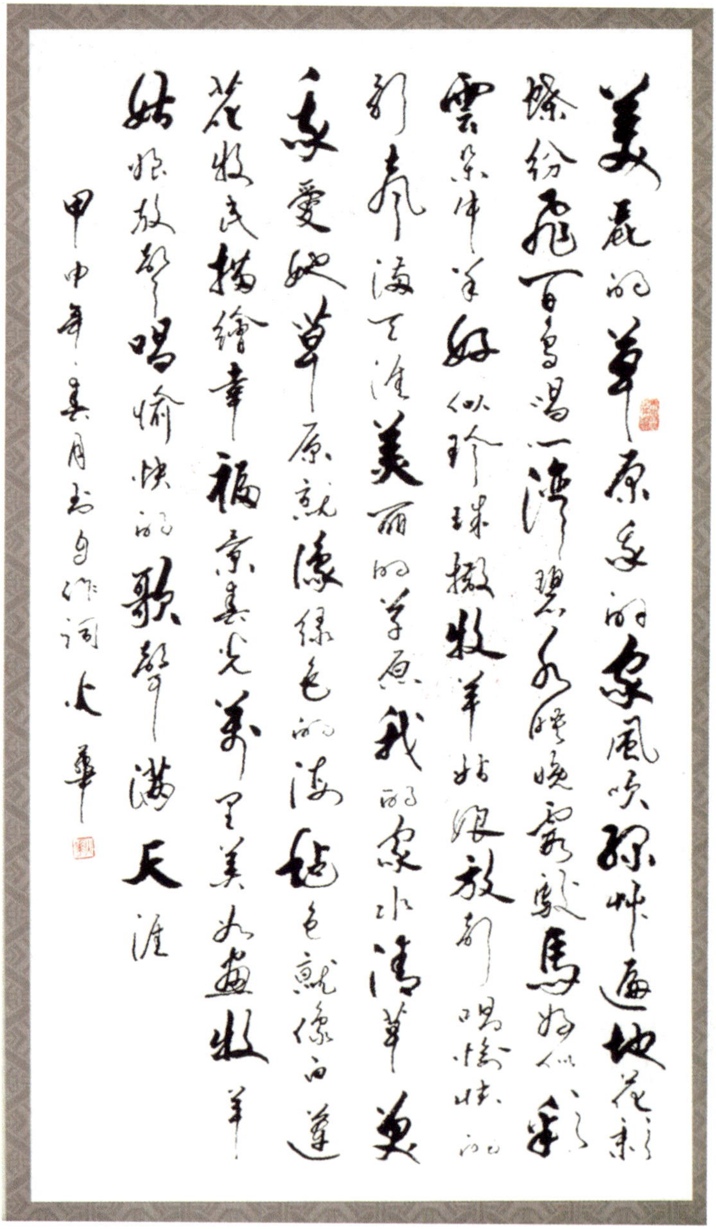

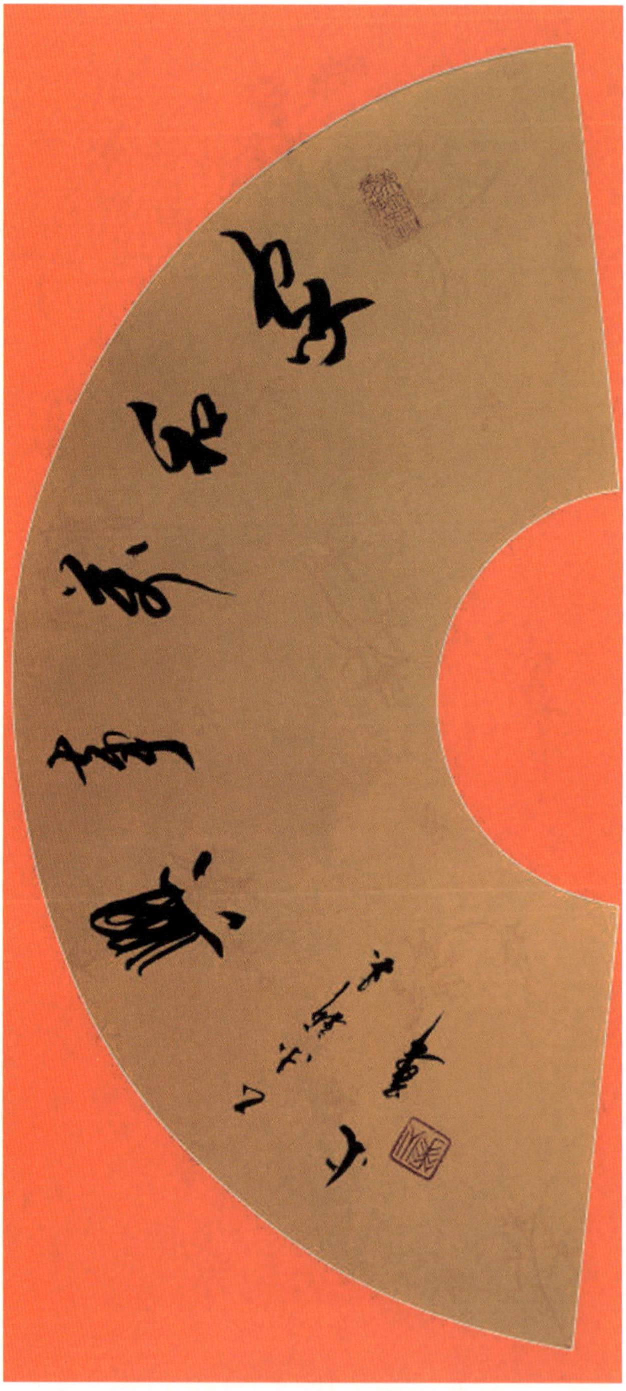

为女儿郑华国画作品题诗

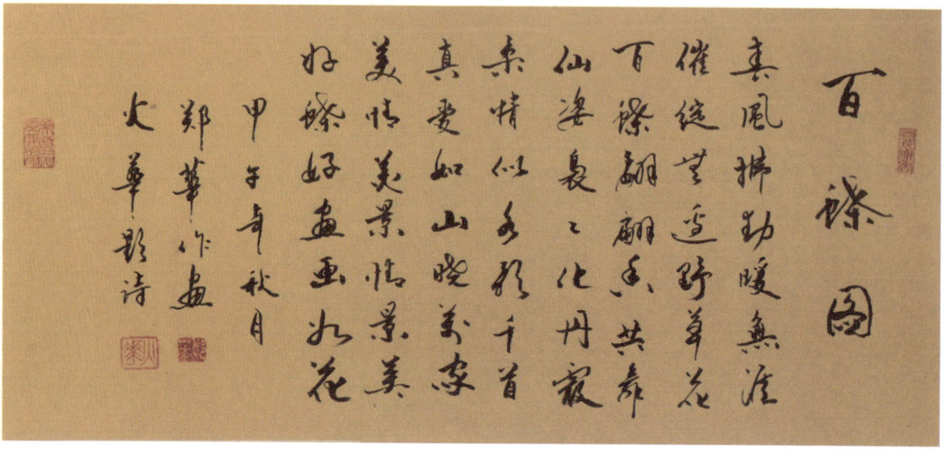

百蝶图
春风拂动暖无涯
美情美景情景美
甲午年秋月
郑华作画

作者简介

火华，原名郑桂富；1942 年生于北京市怀柔区宝山镇郑栅子村。1968 年毕业于河北大学中文系。1970 年入伍任北京军区内蒙古生产建设兵团报社编辑。1976 年任内蒙古军区文工团创作组长。1990 年转业任内蒙古人民出版社党委书记（副厅级）。1995 年任内蒙古纪委驻文化厅纪检组长、机关党委书记。2001 年任巡视员。2003 年退休。

著有诗集《军垦新曲》《边防号角》《军马歌》《珍珠河》《幽默寓言诗》《火华诗集》。著有歌词集《塞上星辰》《火华歌词选》《火华歌词四百首》。出版有火华作词歌曲专辑磁带《昭君出塞》和火华作词的十八首歌曲光碟《火华的歌》（VCD）。

作品多次获奖，饮誉海内外。获解放军总政治部创作奖 6 项、获北京军区创作奖 6 项、获文化部创作奖 3 项。由其作词的歌曲《美丽的草原我的家》1980 年被联合国教科文组织选入国际音乐教材，编入亚太歌曲集中，在世界各地久唱不衰。内蒙古党委、内蒙古政府授予火华最高奖“内蒙古自治区文学艺术杰出贡献奖”。

火华酷爱书法艺术。作品多次参加国内外展览。在 1997 年内蒙古自治区成立 50 周年的名人书画拍卖会上，其书法作品“家”字以万元的高价被人买走，创造了当时书画拍卖最高价。报刊上有“火华书法一字万金”之说。随着外事活动的增多，其书法作品也走出国门赠送各国政要及友好人士。

2013 年，他的书法作品《美丽的草原我的家》被刻在庐山景区的石壁之上，成为永久的文化景观。

现为中国作家协会会员、中国音乐家协会会员、中华诗词学会会员、中国音乐文学学会会员。中国书画名家研究会副会长。新加坡东方艺术团艺术总监、泰国泰中艺术家联合会名誉会长。

退休后任内蒙古文史馆终身馆员、内蒙古自治区人民对外友好协会理事、北京市人民对外友好协会理事、中国东盟协会理事、中国文莱友好协会理事。曾出访东南亚国家及日本、俄罗斯等国进行文化交流，并将出国访问见闻写成《精彩世界》一书。在全国友协下属的五个协会的年会上发行。五位国家领导人出席，70 多个国家驻华使节参加。这部记录着各国对中国人民友好情感的书受到大家的欢迎。其本人被中国人民对外友协授予最高奖“人民友谊贡献奖”。

父亲的梦（代序）

给父亲的书作序是个“疯狂”的想法。之前，但凡给书作序，那都是名人名家的事儿。而这本写父亲与名人名家故事的书肯定不能找名人名家来作序，因为他们都已经出现在书中的故事里了。在和父亲聊天的过程中我忽然觉得自己有为这本书写序的一点点理由，因为我是书中很多故事的见证者。

我读过书中的每一封信，触摸过书中的每一篇手稿。父亲经常拿着珍藏的照片和往来书信，一边回忆一边给我讲他和这些名人名家交往的故事细节。父亲总是说：“每一个成功的人都有过人之处。”名人的成功不是一朝一夕而来的，他们观察生活的角度，他们为人处事的原则，他们思维的独特性，他们创作时对细节斟酌的一丝不苟……所有这些特质奠定了名人名家辉煌成就的根基。

我能从父亲讲述事故的表情中，真切地感受到这些故事给父亲带来的感动、喜悦、幸福和自豪。父亲在与这些名人名家的长期交往过程中，用心汲取他们成长历程中的思想营养，用心领会文学创作的真谛。名家作品的精彩词句父亲经常会脱口而出。分析名家们的创作思路和写作特色也是父亲最喜欢的一种思维训练。逐渐地，父亲锻炼出了自己独特的观察生活、体验生活、提炼生活的方法。年轻时的文学创作梦，在父亲的坚持和努力中一步步变成现实。

记忆中，我们家里数量最多的东西有三样：书、笔记本和稿纸。父亲给我的印象是他要么在看书要么在写东西。小时候，家里有一台缝纫机，是那种可以翻转上盖把机头隐藏在下面的款式。翻开盖板固定好机头，母亲踩着缝纫机缝补一家人的旧衣旧裤，藏起机头合上盖板，缝纫机变身小书桌，父亲在上面酝酿他的一首首诗、一段段歌词、一篇篇文章。父亲用自己笔尖流淌出来的美文诗韵和广为传唱的歌曲，辛勤编织着自己文学创作的梦。

翻开这本书，里面收录的是父亲与名家名人之间的故事，而我读出的是父亲学习名家名人宝贵经验的过程，读出的是父亲对自己文学创作梦想的坚定追求，读出的是父亲追求梦想的满满收获。父亲这种执着探索的精神已经在我的心里扎下了根，影响着我的人生。在这本书中，披露了一些父亲与名家来往的信件，以及他们的手稿、墨迹，让人感到格外亲切。看到这些，似乎能感觉到留在上面的体温，似乎能听到他们脉搏的跳动；随着时间的推移，当年留下的普普通通的东西显得越来越珍贵。亲爱的读者，您或许也能从这些故事中发现属于您的快乐，找到属于您的感悟。

在这里我还要感谢编辑人员的辛勤工作，感谢内蒙古人民出版社和我的家乡怀柔区文化委员会的大力支持，使得这本书得以顺利出版。

开卷有益。与智者同行，方能领悟人生之真谛。祝各位阅读快乐！

郑火

2018.10.3.

郑火简介：

郑火，火华先生之子。毕业于北京广播学院新闻系。先后在内蒙古人民广播电台、内蒙古电视台、北京怀柔电视台任编辑、记者。2005年进入商界，先后在国有及民营企业内担任中高层管理职务。现为北京龙济盛和国际投资有限公司常务副总经理。

目　录

《黄河大合唱》的词作者光未然

风在吼，马在叫，
黄河在咆哮。
河西山冈万丈高，
河东河北高粱熟了。
万山丛中，抗日英雄真不少！
青纱帐里，游击健儿逞英豪……

这雄壮有力的歌声鼓舞着中华儿女去抗争、去呐喊、去奋斗。它化作了我们的民族精神，成了我们的传统。每一个中华儿女都应该为祖国去献身。这就是光未然作词、冼星海作曲的《黄河大合唱》所告诉我们的。

冼星海这位大师英年早逝，1945 年就离开了我们。我们这一代人无法目睹他的风采，更无法聆听他的教诲。然而有幸的是我见到过光未然先生，得到过这位大师的指点，与之成为忘年交。现在想起来这是一种荣幸，也是一段机缘。

记得有一年在《诗刊》社我见到了这位大词作家。他长得有些消瘦，慈眉善目，待人非常和气。他走到我身边与我握手，问我叫什么，在哪里工作。让我非常吃惊，这就是唱响中国震惊世界的《黄河大合唱》的词作者。当时

作者与光未然（左）

我真想和他多聊一会，听听他对歌词创作的意见。因为当时我正处于由写诗转为写歌词的转型时期，得到名家的指点是非常可贵的。后来我从侧面得知光未然同志刚刚被“解放”出来。他很谨慎不便讲些什么。这些我都能理解，在那个特殊的时期，如果哪一句讲不好又会再次被关进“牛棚”，再受批判。

又过了一段时间，我走进了光未然同志的家里，他非常热情地接待了我。客厅里只有我们两个人，他见我是个很诚实的人，就与我说了有关歌词写作方面的事情。谈得很多，说的很远，谈得时间较长。为了不影响老人家的休息，我只得起身告辞。在我要离开的时候，他随手拿了一本他写的文集《风雨文谈》送给了我。我请他给签名。他问我是签“张光年”还是签“光未然”呢？我说我是写诗的，还是签“光未然”为好。他在书的扉页上留下了清秀的字迹。

这里所说的两个名字都是他本人。1913 年他出生于湖北光化县老河口镇。他姓张，叫张光年，笔名光未然。在长期读他的文章诗词当中，我发现他写评论文章时用本名张光年，用来发表诗歌歌词时用光未然。在理论逻辑思维和诗歌的形象思维二者中他都是高水平。不了解情况的人常常以为中国有个大评论家张光年，中国还有个大诗人光未然。这二者在他身上巧妙地统一起来，这是非常难得的。他的父亲是老河口钱庄的职员，他小时候跟钱庄的少东家学会写古体诗。光未然生活的时代是大革命时代，他受进步思想的影响参加大革命。1937 年他在武汉发表了歌颂抗日志士反对卖国投降的歌词《五月的鲜花》，这首词经阎述诗谱曲后广为流传，为推动抗日救亡运动起到了积极的作用。更有意思的是这首歌曲还成了他与冼星海后来合作的媒介。

光未然 1937 年入党。第二年组织派他到上海组织战地文艺工作团。有一次他去上海找一个进步组织“工宣团”，与他们联合排练节目。当他走进去时，里面正在唱着他写的《五月的鲜花》。有位先生正在那里认真地指挥排练，光未然看着很受感动。一曲唱罢，工作团的一个同志把这位指挥和光未然拉到了一起，告诉他：这就是你指挥排练的这首歌的词作者光未然同志。又跟光未然说，这位指挥排练你作品的是冼星海同志。此时此刻这两个人的手紧紧地握在一起。这是一个重要的时刻，这两个人的握手改写了中国音乐的发展史。他们支擎起中国音乐的一片蓝天。一个伟大的音乐工程正是从这时开启的。这两个人彼此敬佩对方的才能，多次进行沟通与合作。当时他们共同创作了《高尔基纪念歌》《赞美新中国》《拓荒歌》等等。

1938 年，光未然带领演剧三队到战区演出，便和冼星海分开了。他活动在山西陕北一带，有机会领略到黄河的气势。有一次他从山顶看到壶口瀑布，一泻千里声势浩大，就在心里产生了“我站在高高山之巅，望黄河滚滚”的诗句。《黄河大合唱》的歌词便从这里开始构思了。在此之后的日子里，“黄河”在他的心中一直奔流。写黄河、唱黄河的打算在光未然的心中涌动着。也就在这个时候出了点问题。光未然在一次骑马的过程中从马上摔了下来，造成了骨折。当时报告了上级领导陈云、李富春同志，得到答复是当地条件差，要送到延安附近的和平医院进行治疗。得知光未然住院的消息，已经在延安鲁艺音乐系任教的冼星海便到和平医院来看望他。原来冼星海在武汉八路军办事处的周密安排下已经先于他到达了延安。两人在医院里相遇，畅谈离别，畅谈友情；又谈到创作方面的事情。两个人都特别激动。二人决定要写一部力作《黄河大合唱》。

冼星海走后，光未然在医院忍着病痛开始了写作。他一路上宣传抗日，了解到日本鬼子在中国犯下的罪行，也目睹了人民抗战热情和生动感人的英雄故事。光未然把它与奔腾咆哮的黄河连在一起，写出了《黄河大合唱》。歌词共分八段，即“黄河船夫曲”“黄河颂”“黄河之水天上来”“黄水谣”“河边对口曲”“黄河怨”“保卫黄河”、“怒吼吧，黄河”。惊心动魄的 400 多行歌词他只用了五天时间便写完了。大气磅礴，壮怀激烈，浑然天成。还把各种演唱形式包括在其中。歌词创作已经为《黄河大合唱》

的成功打下了坚实的基础。这一年的大年三十，光未然带着演剧三队到延安城里为中央领导和机关干部演出节目。他又一次与冼星海见面了。这次他是带着歌词来的。两人一见面分外高兴。冼星海迫不及待地要看歌词。光未然清了清嗓子把歌词朗诵给他听，将四百多行的歌词从头到尾朗诵了一遍。朗诵一结束人们响起了热烈的掌声。冼星海走过来一把把稿子抓在手里："我有把握把它写好！" 此后的日子冼星海进入了创作的高峰期，他万分激动，几乎拒绝了一切干扰，仅仅用了六天时间便完成了这部大作。

经过一段时间的排练，1939 年的 4 月 13 日，在延安最大的礼堂陕北公学礼堂首次演出《黄河大合唱》。由冼星海亲自指挥，光未然担任朗诵。演出空前热烈，上千个座位挤满了人，不时爆发出雷鸣般的掌声。毛主席看了非常高兴。周恩来题词："为抗战发出怒吼，为大众谱出呼声。"从此之后《黄河大合唱》不胫而走，它成了广大人民的呼声，成了中华民族的魂魄，是时代的最强音。不仅在中国也在世界范围广为传播。它是世界音乐宝库中的一颗熠灿的明珠。

1987 年 6 月 4 日，我参加完中华诗词协会成立大会之后再次拜访了光未然同志。当我走进他的家门时，他很吃惊：火华，你怎么这个时候来看我？你不怕影响你个人前途吗？你是名解放军啊，我现在已经不是作协的领导了。我说，我不是来看领导的，我是来看《黄河大合唱》的词作者。任何时候，它都是不朽的。你创造了不朽的作品，同时也造就了不朽的作家。政治上可以变来变去，而艺术是永恒的。它属于全人类。我相信我的话是可以穿透历史墙壁的。

老人热情地招呼我坐下，简单地谈了一些情况之后又转入了轻松话题。又说起了《黄河大合唱》的事情。有个电影拍的就是这样一个过程。电影的名字叫《怒吼吧，黄河》。我问他：“影片里有个扮演光未然的年轻人，像不像你本人？”他说：“还像。我们那时还是青年，很容易激动起来。”说着我们便哈哈地笑起来。那天我们谈话的内容很多，谈话时间比较长。告别之前我想让他给我写一幅字留作纪念。他问写什么，我说写“怒吼吧黄河”。他很高兴提笔就写，在正文后面写上“火华同志留念”。并且工工整整地盖上鲜红的印章。末尾写明“一九八七年六月四日”。也正是因为保留这幅字我才记住了访问的具体时间。这幅字成了我永久的纪念。

2002 年，89 岁高龄的诗人光未然病逝，遵照他的遗愿，后人将诗人的骨灰从黄河的上游撒入黄河，诗人与黄河同在，永远奔腾不息，放声高歌。先生您没有死，您与黄河一样永远奔流在我们心中。

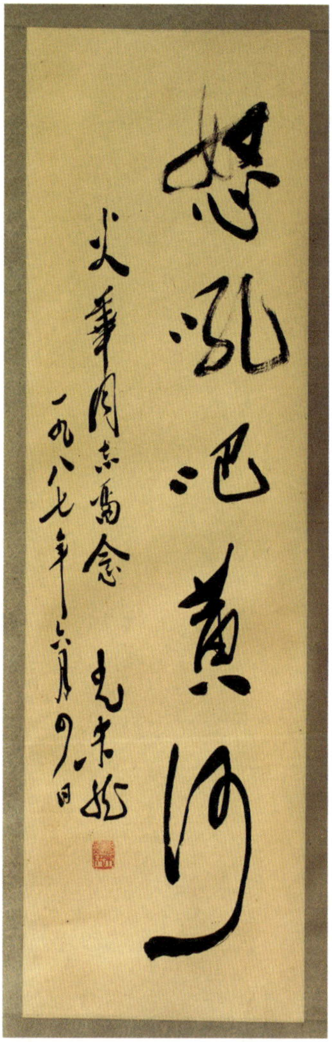

光未然给作者的题字——怒吼吧黄河

我所敬重的冰心先生

前不久我到山东烟台，亲友们约我去东炮台公园参观。在细雨中我来到了用巨大的石条砌成的防御工事——东炮台。在这摆放大炮和各种武器的地方，竟然有一处“冰心纪念展厅”。这让我觉得很新奇，走进一看果然看到这位熟悉的老人的照片。我心里觉得为之一热。原来1903年至1911年中国女作家冰心在这里生活了8年，她的父亲谢宝璋时任烟台海军学堂校长，她随父亲从福建迁到这里居住。我读过她的作品，看到她写的海洋的景色非常美，我原以为是写福建的海，现在才知道她写的是烟台的月亮湾。冰心说：“烟台是我灵魂的故乡。”她与烟台结下深厚的情谊，烟台乡亲们深深地怀念她，在她生活过的地方开辟展馆以表达对她的怀念之情。这里展有冰心小时候和父母的照片，有她青年时代的照片，有与先生吴文藻的照片及全家的合影。

我在展厅站立良久，看到这些，让我想起与老人在一起的情景。

记得20世纪80年代的一个夏天，我有幸与这位文坛

作者与冰心先生（左）

泰斗相识。我把自己出版的诗集送给老人，老人很高兴，表示一定好好拜读。她热情地向我问候内蒙古孩子们生活的情况，打听草原孩子们上学问题怎样解决；向我了解内蒙古儿童文学创作情况。表示如有机会一定替她向孩子们问好。我完全答应下来。我当时正在搞儿童文创作，但总觉得不顺手。写东西缺乏童真，没有孩子气；写孩子又说了大人话。我向冰心先生请教。她说要向孩子学习，孩子最可爱，他们是祖国的花朵，也是祖国未来的栋梁，要把孩子看成是“最神圣的人”。我在老师的鼓励下尽可能学孩子、写孩子。我出版了儿童叙事诗集《军马歌》和《珍珠河》。其中《军马歌》还获得北京军区和内蒙古自治区的创作奖。我想我们应该向名家学习，名家的一席话足可以使我们受益终生。

在后来的一次访问中我发现先生已经坐上轮椅，她乐哈哈地接待我。她看我一直盯着轮椅，知道我想说什么，好像不想让我说出同情安慰的话来。先生说，生活总会有些沟沟坎坎，这不算什么。人生的道路很长，要准备接受所有的考验。放心吧，天塌不下来，天真的塌下来，你把它当成被子盖上就行了。说罢她从容地笑了，笑得那样自信。这时一只波斯猫跳进她的怀里。老人与波斯猫目光相对，那慈祥那善良，真让人感到发自内心的幸福。我感到这是一个乐观坚定心胸宽广的老人。这位坐在轮椅上的老人在我心中像是一座巍峨的高山。她有一个强大的内心世界，值得我们永远学习。

冰心先生的一生是伟大的。她是我国著名的诗人、翻译家、散文家、儿童文学作家。她一生著述丰厚。著有《斯人独憔悴》《两个家庭》《秋风秋雨愁煞人》《超人》《第一次宴会》《一篇小说的结局》《鱼儿》《盼》《别后》《最后的安息》《一个不重要的兵丁》《三儿》《冬儿姑娘》《剧后》《月光》《空屋》《西风》《姑姑》《相片》《我们太太的客厅》《疯人笔记》《万般皆上品——一个副教授的独白》《干涉》《在火车上》《陶奇的暑假日记》《小桔灯》《樱花赞》《拾穗小札》《晚晴集》《三寄小读者》等。她的作品太多，无法全部列出。

1999 年冰心先生在北京逝世，享年 99 岁。她的一生有 75 年是写作时间。在 90 岁之后她还坚持写作发表作品，她把自己的一生都献给了祖国的文学事业，得到党和人民的高度赞扬。在她病重期间，朱镕基、胡锦涛、李瑞环亲自去医院看望。在她的家乡福建省长乐市建立冰心文学馆，学习研讨冰心的创作成就，永远纪念这位文坛泰斗。

我所认识的诗人臧克家

提起臧克家的名字在文学界无人不知、无人不晓。他是我最崇拜的诗人之一。他的诗《老马》把劳动人民的苦难写得那样深刻，那样沉重，读后让人喘不过气来。他的诗《有的人》把人生的价值写得淋漓尽致，句句说到人们的心坎儿上。

我读过不少臧克家先生的诗歌，也读过他写诗过程的回忆文章和写诗的体会文章，如《学诗断想》等。

臧克家先生在 1933 年就出版了个人诗集《烙印》，后来又发表了许多诗歌作品，如《罪恶的黑手》《从军行》《运河》《泥工的歌》《臧克家诗选》等。他的诗歌被称之为中国现实主义诗歌的开山之作。臧克家在我的心中就是一座诗的丰碑。

据说臧克家是唯一给毛主席改过诗词的人。他收到过毛主席给他写的几封信，这是臧克家先生的光荣，也是中国作家的光荣。

1976 年，我在北京学习。同住一个房间的农民诗人刘章跟我说他跟臧老非常熟悉，可以带我们去见见老先生。

作者与藏克家（左）

这让我特别高兴。还有大港油田的同志也和我们同往。我们几个人从东四出发步行走到赵汤子胡同。夏日的阳光把我们晒得大汗淋漓。在一个独门独院的平房里，我们见到了这位饱经沧桑的诗人。臧克家中等身材，有些消瘦，但是目光炯炯有神。他很高兴地和我们握手，握得很有力。刘章向他介绍了我的诗歌创作情况，臧老说他知道我。在“文化大革命”后期中国出现的为数不多的青年诗人中，他对我的诗有印象。

坐在臧老的客厅里，我被他满墙的字画所吸引。这里有郭沫若的字，有于立群的字，有茅盾的字，有文学史家唐韬的字，几乎是天下名家汇聚于此。在客厅旁边房间里悬挂着毛主席手书《诗言志》。置身其中才感到臧老家里厚重的文化氛围。这些字画也让我们了解到了臧克家先生的文化圈半径之大。也从那一刻起受到臧老的启发，明确了我这一生应该与什么样的人结交，应该以诗人自己的方式记录与良师挚友的故事。这将是我乃至整个家庭的文化积淀，可以让子子孙孙从中受益。向我们的前贤学做人，学做事，学文化，学传统。

这次来访我们谈了许多诗歌方面的情况。老人很健谈。对我们所提的问题，他都一一解答。这次访谈我受益匪浅，终生难忘。告别时臧老让我转达他对时任呼和浩特市委书记的布赫同志及夫人珠兰同志的问候。他们曾在一个疗养胜地认识，他赞扬布赫同志谦和朴素，赞扬珠兰同志美貌大方。回到内蒙古后，臧老的托付我都一一予以落实。

1978 年我到北京再次拜访臧老，他特别高兴地接待了我，如老友重逢，问这问那。我提出想要得到他的一份墨宝，老人爽快地答应了，并且马上就写，一挥而就：

自沐朝晖意蓊茏，
休凭白发便呼翁。
狂柔欲碎玻璃镜，
还我青春火样红。

绝句一首抄奉火华同志正之——臧克家（印章）
七八年五一节

这是一首他自己创作的诗，字迹流畅，俊美。他很谦虚地说："我这是作家的字，不是书法家的字。在咱们诗歌圈子里还可以，拿到外边就不行喽！"说完爽朗地笑了起来。

我记得当时我还让老人家给我题写书名《幽默寓言诗》。我把书稿连臧老的题字都寄给了山西一家出版社。当时答复准备出版，后来不仅没有出书，还把我的书稿连同臧老的题字都给弄丢了。我后来根据草稿和回忆把这本书完成

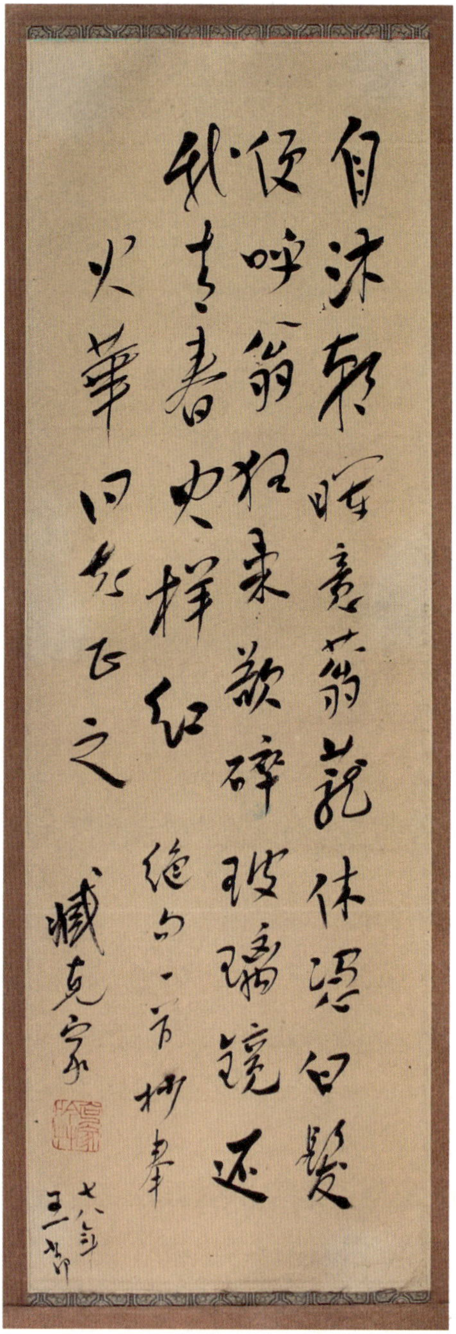

臧克家书写的自作诗

了。但臧老的题字丢了让我很痛心。

1987 年中华诗词学会成立。作为学会的发起人之一，我当选为首届常务理事。成立大会特别隆重，习仲勋同志到会讲话，赵朴初、楚图南、钱昌照、杨静仁出席大会。在开幕式上我与臧老再次见面。我把他领到布赫主席面前，两位老朋友的手紧紧相握。就在这个时候留下了我和臧老的合影。成了我的永久珍藏。

我和诗人贺敬之的故事

1972年，我到人民文学出版社拜访我和旭宇合作的诗集《军垦新曲》的责任编辑张庚午和龙汉山。他们热情地接待了我。他们说：“这是‘文化大革命’期间，出书特别慎重，这些书稿，要经权威人士审定，还要请北京大学中文系工农兵学员为此召开审书会，要请你们所在的北京军区内蒙古生产建设兵团为此召开审书会，然后才能出书。”最后张庚午同志说：“出版之后你一定要寄给贺敬之同志一册请他看看。”我有些不解。我说：“我知道他是一位大诗人可他不认识我，为什么给他寄呢？”张庚午说：“我们收到你们的诗稿觉得很好，可是要在我们这里出书心里头没底。因为你们没有知名度，不是大家熟知的诗人。请诗人贺敬之、袁鹰和文学评论家李希凡看看稿子把把关，他们都同意出，我们才敢出。其中贺敬之最为坚决。他说这样的诗你们不出就是你们的错误，不要看他是不是诗人，而要看他的诗够不够诗人的标准。这样的好诗，一定要出。因为他比某些诗人写的诗要好得多。今天不是诗人以后可能是大诗人。”

作者与诗人贺敬之（右）

张庚午的话我一直记在心里。我庆幸自己的作品能得到专家的肯定。袁鹰是一位诗人，李希凡是评《红楼梦》的专家，曾得到毛主席的表杨。贺敬之在我心中几乎是“诗神”，我每天背的几乎都是他写的诗句。《回延安》《桂林山水》《三门峡》《梳妆台》《放声歌唱》《十年颂歌》《雷锋之歌》《西去列车的窗口》。他早在1945年就与丁毅一起执笔写了新中国第一部歌剧《白毛女》。写了《南泥湾》《翻身道情》等。这些作品成为历史的经典，永远铭记在人们的心中。我从来没有见过他，但他的形象在我的生活中从来没有离开过。

《军垦新曲》一书出版了。我接到北京发来的书，爱不释手。第一个想到的是给贺敬之寄书。因为这是我和旭宇合作的作品应该两个人给他寄去才显得庄重。可惜旭宇在老家唐山休病假，我只好说明情况以我个人的名义先寄上一本，不成敬意。信发出不久，我收到一封“人民日报”社缄的来信，打开一看正是贺敬之写的。这让我高兴万分。信是这样写的。

火华同志：

来信并赠书收到，谢谢！

你和旭宇同志合写的诗歌作品，不久前我曾初步读过，使我学到不少东西，我想再仔细读一遍。

不知旭宇同志身患何病，请代问候。如来京，欢迎你找我。我天天在报社上班。因忙些，可事先打电话联系。

此致

敬礼

贺敬之

7 月 11 日

后来我盼到了一次去北京出差的机会，我按捺不住内心的激动，匆匆来到人民日报社。敲开传达室的窗口，我说我要找贺敬之同志，是他让来找他的。里边的人回答：“他已经离开报社啦。”“他调到哪里去了呢？”“不知道！”对方的话冷若冰霜。随后把门用力地关上了。这让我感到茫然不解。看来再问也没有用了。只好往外走。这时后面过来一个老人，他递给我一个字条，他说：“你到这里找找也许会找到。” 在我要向他说声谢谢的时候，他已经飘然而去。我甚至没有看

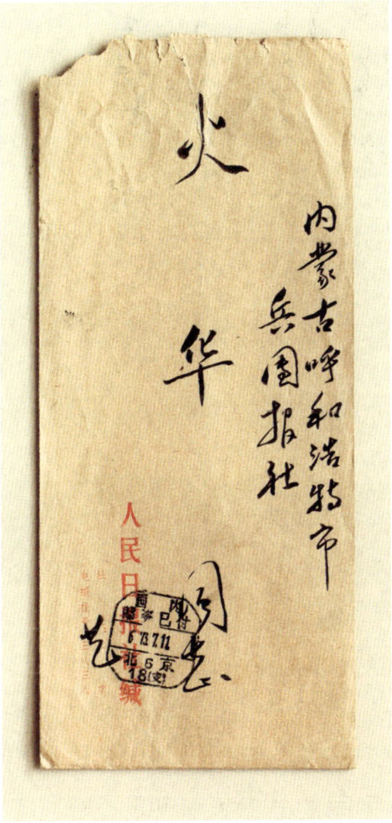

贺敬之给作者来信的信封

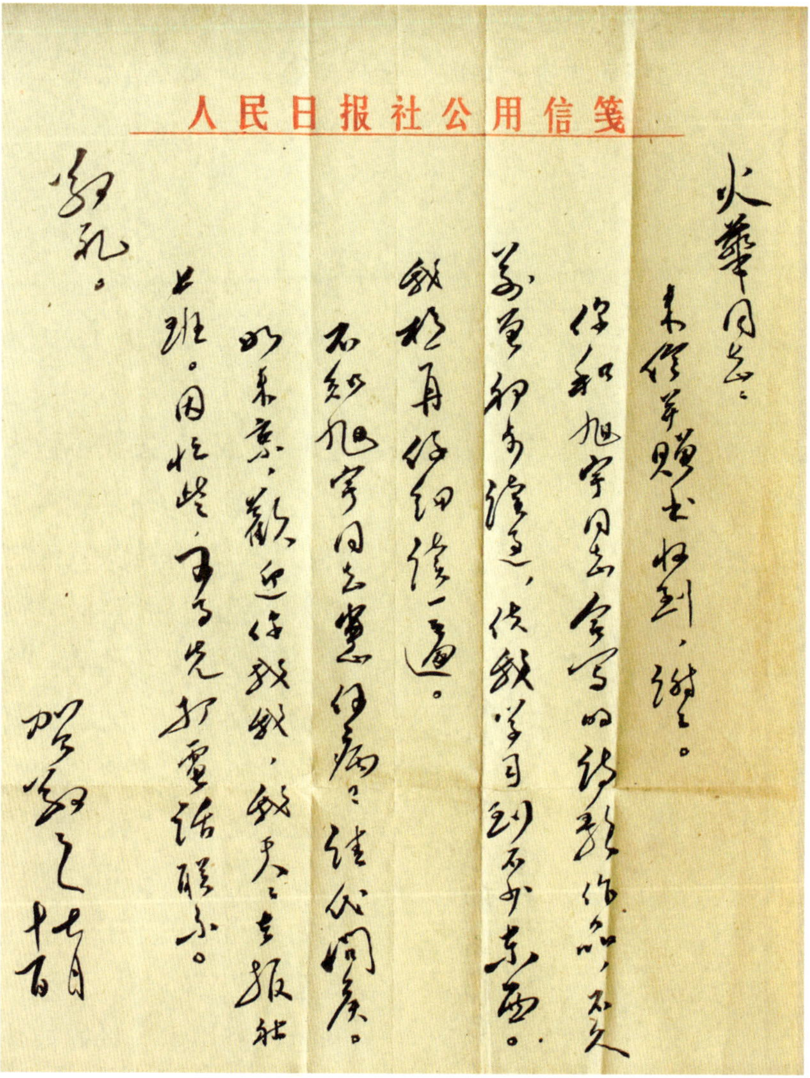

人民日报社公用信笺

火华同志：

来信并赠书收到，谢谢。

[illegible]

我将再仔细读一遍。

[illegible]

敬礼。

贺敬之

十七日

贺敬之 1973 年给作者的来信手稿

清他的模样。按着纸条上的地址我敲开了煤渣胡同的一扇门。有位中年妇女开门问我：“您找谁呀？”我说我从内蒙古来，是写诗的，拜见贺敬之同志。这位女同志看一下左右无人便把我拉进屋内，然后把门紧紧地闩上。“您是解放军的军官，千万别这样冒失呀……”说着她让我坐下递过一杯水。我们彼此通报了姓名，这时我才知道她就是贺敬之夫人、著名女诗人柯岩，她说她对我的作品很熟悉，也听贺敬之介绍过。为什么会成了目前的状况呢？她说前些天中央文革小组来人让老贺写一篇检讨性的文章发表出来。承认他当年写《白毛女》是错误的。老贺坚持说：“我写的《白毛女》没有错，我没必要写检讨。”于是老贺被调离报社到首钢劳动改造。我来北京一趟不容易，我当时想到首钢看看贺敬之同志去，柯岩坚决不同意。说：“老贺是被中央文革盯上的人，你去看能有好吗？你是解放军，你要注意政治影响。”我说：“我不怕，学生看看老师有什么不可以。”她说：“这对老贺也不好，你去看他，他还要做检讨，交代与你的关系。很麻烦啊。”

这次拜访就这样结束了。

又过了几年，四人帮被粉碎，贺敬之当了文化部部长。我庆幸好人有好报，但觉得见面一事已不大可能。部长哪能随便见人。虽然几次去北京，但拜见贺敬之的念头已经打消了。有一次在民族宫看殷承宗演奏《黄河协奏曲》，坐在中间的老外，看到高兴处站起来大喊大叫。在我看老外时又看到对面有个熟悉的眼神，原来是柯岩同志，她顺着视线直接走过来与我握手，问我为什么不找她，我说贺敬之同志当了部长恐怕很难随便见人，周围很多警卫，我也走不到眼前；我就不再去找了。柯岩同志说：“我们不是部队，当个连长就有警卫员，地方部长很好找。我家搬到了三里河部长楼。”她写了一个纸条给我：“这个星期日上午你必须去！”

在一个天气晴朗的日子我在部长的住所见到了这位久已想见的诗人。窗明几净，鲜花盛开，贺敬之同志热情地接待了我，开头我还有些拘谨，随着交谈的深入，我们完完全全地成了诗友。我们谈诗歌创作，谈意境、谈激情，甚至谈社会、谈人生。他没有大诗人的架子也没有大部长的架子，他完全像老朋友一样推心置腹地与我交谈。后来他问我为什么叫“火华”，我说我要立志度过一个火红的年华，不做虚度光阴的人。他高兴地站起来说你已经实现了你的理想，你已经有一个火红的年华了。

这一次我们谈了好长时间。开饭时间到了，他留我在家里吃饭，我因为有事情只好离开。

后来我们又有一些交往。

1997 年我请他赐以墨宝，他提笔写了“诗情如火，歌我中华”的条幅。既写了我的事业，也把我的名字嵌了进去。这成了我永久的收藏。

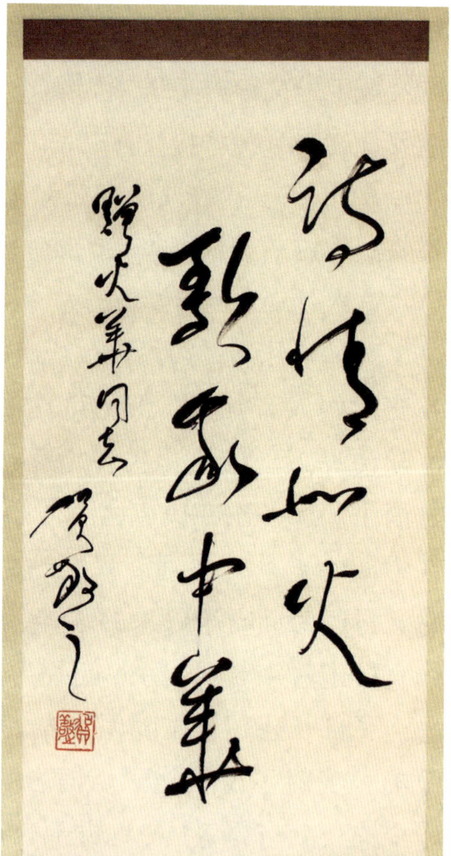

贺敬之给作者的题词

《游击队歌》的作者贺绿汀

“文化大革命”期间流传着这样一件事情，让我记忆至今。有一天毛主席问身边的人：“没有枪没有炮”哪儿去了？毛主席说的“没有枪没有炮”是《游击队歌》里的一句歌词——“没有枪，没有炮，敌人给我们造。”毛主席是在用这句歌词指代《游击队歌》的作者贺绿汀。这一句问话意味着在那个特殊的时期，毛主席对这位大音乐家的关心。

这个故事在当时传播得很广。许多知识分子在被称为“臭老九”的时候，都因为听到了这个故事而感到一些宽慰。和当时的很多知识分子一样，我那段时间里心情也非常糟糕，对自己的未来十分迷茫。那时我对音乐知之甚少，但贺绿汀的大名却如雷贯耳，他的《游击队歌》是家喻户晓的作品。听到毛主席还在关心贺绿汀的事，感到知识分子有希望了，心情宽松了许多。

最初，我以为毛主席只是熟悉这首歌，不一定熟悉贺绿汀本人。后来翻阅资料才知道，贺绿汀与毛主席有过多次接触，毛主席对这位音乐家也特别关心。

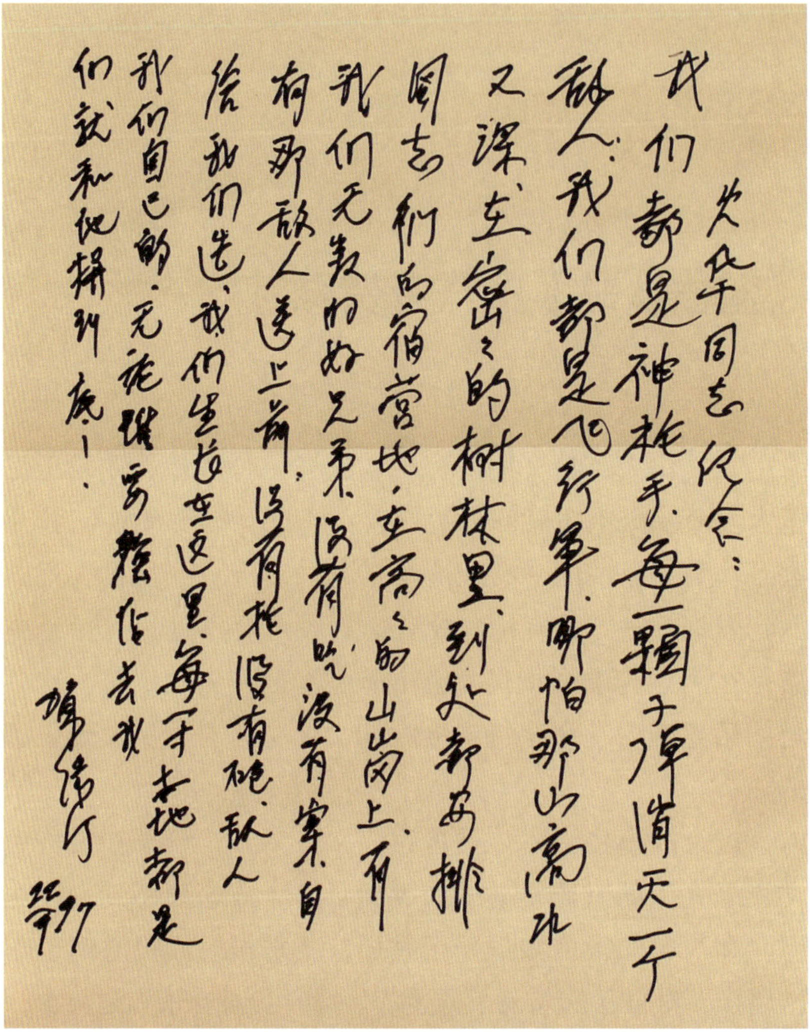
火华同志纪念：
我们都是神枪手，每一颗子弹消灭一个敌人；我们都是飞行军，哪怕那山高水又深。在密密的树林里，到处都安排同志们的宿营地，在高高的山岗上，有我们无数的好兄弟。没有吃，没有穿，自有那敌人送上前，没有枪，没有炮，敌人给我们造。我们生长在这里，每寸土地都是我们自己的，无论谁要强占去，我们就和他拚到底！
贺绿汀

贺绿汀给作者的《游击队歌》手稿

1943年，贺绿汀到延安不久，周杨就把他介绍给毛主席。毛主席对他说：“你的《游击队歌》写得很好，你为人民做了好事，人民是不会忘记你的。” 毛主席听说他是湖南邵东人便问他认不认识贺果。贺绿汀说贺果是自己的三哥。毛主席说贺果（原名贺培真）是自己在湖南长沙第一师范的同学。这样一来，贺绿汀与毛主席的关系就更加亲近了。在延安居住期间，贺绿汀病了，毛主席散步时遇到贺绿汀的夫人向他打听贺的病情，盼望他早日康复。“文化大革命”期间贺绿汀挨整，毛主席对张春桥说：“贺绿汀怎么样啦？我看不要整了吧。他写的《游击队歌》还是好的嘛。”由此可见毛主席对这位为中国音乐做出杰出贡献的大师给予了极大的爱护。

贺绿汀出身寒门。1903 年生在湖南邵东的一个小山村里。母亲不识字，父亲是农民。只有三哥在湖南长沙第一师范学习，与毛主席同学，与李维汉等人到法国勤工俭学。贺绿汀受哥哥的影响走上革命的道路。参加过湖南的农民运动、广州起义。1931 年考入上海音乐专科学校。1934 年在俄国作曲家齐尔品举办的征求中国风味钢琴曲比赛中，

邮票上的贺绿汀头像

他的《牧童短笛》和《摇篮曲》分别获得一等奖和名誉二等奖。人们称贺绿汀打开了中国钢琴曲通向世界的大门。后来经聂耳介绍，贺绿汀到明星影片公司担任音乐科科长，从此他的作品影响越来越大。他先后为《风云儿女》《十字街头》《马路天使》《都市风光》等若干部电影作曲。一些影片中的插曲也广为传播。人们熟悉的《四季歌》《秋水伊人》《天涯歌女》等作品在广大群众中久唱不衰。

上海“八一三事变”之后，贺绿汀参加了抗日救亡演剧一队，到全国各地宣传抗日救亡。1937 年冬，贺绿汀随演剧队辗转来到山西抗日前线，在山西临汾八路军办事处见到了朱德、彭德怀、贺龙等领导人。当他听到八路军指战员讲的游击战术之后非常激动，夜不能寐。眼前浮现出在密林深处，在青纱帐内，在高高的山冈，在月光之下，游击队员奋力杀敌的情景。游击队员们视死如归，乐观坚定，把抗击日寇保卫祖国当成自己人生的最大快乐。一支优美欢快的旋律从心中涌出。

据说贺绿汀是在农村的一个煤仓里写下这首《游击队歌》的。写完以后他就教演剧一队的同志们演唱。很快演剧一队的所有人都学会了这首歌。

1938 年 1 月，八路军总部在山西洪洞县高庄举行高级干部会议。会议结束时观看抗日救亡演剧一队的演出。也就是在这次演出中，演剧一队把《游击队歌》首次搬上舞台，献给八路军全体将士。贺绿汀亲自指挥，没有乐队就由欧阳山尊吹口哨伴奏。结果演出取得了空前的成功，《游击队歌》受到指战员们的热烈欢迎。朱总司令握着贺绿汀的手说：“写得好，写得好。”

这首歌在此之后很快就形成了人人学唱、人人爱唱的局面。总司令亲自抄写歌谱。贺龙自己学会然后再教大家唱。从平型关战役回来的杨得志团长专门把贺绿汀请去一个连一个连地教唱。当时情况紧急，部队还要开赴前线；人们问杨团长部队什么时候走，他说学会了这首歌就走。很快，战士们就学会了。他们在大雪纷飞的日子里唱着这首激昂乐观的歌曲奔赴前线。这首歌对鼓舞八路军指战员和广大群众的抗日斗志起到了很好的作用。

当然，贺绿汀对我国音乐的贡献不止这些，他是音乐理论家、教育家、社会活动家。中华人民共和国成立以后他长期任上海音乐学院院长，任中国文联副主席、中国音乐家协会副主席、上海音乐家协会主席。创作有歌剧《长征》、

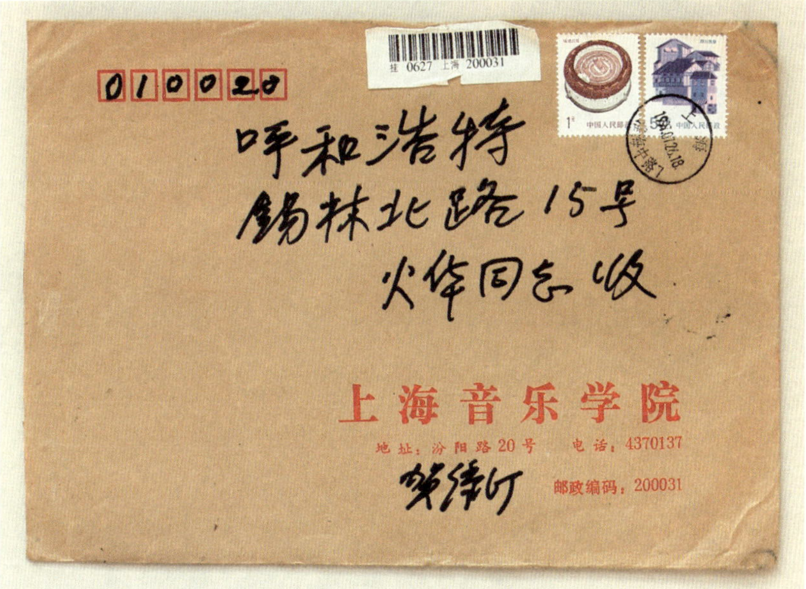

贺绿汀给作者来信的信封

大合唱《十三陵水库》、小提琴曲《百灵鸟》、电影音乐《宋景诗》、管弦乐曲《森吉德玛》等。著有《贺绿汀音乐作品全集》《贺绿汀音乐论文集》。我是晚辈，无论如何也无法来概括他的贡献。他在我面前永远是巍峨的高山，他为后人树立了榜样，值得我们永远地学习。

我怀着对贺老的崇敬之情，在 1997 年给他写了一封信，希望见到他手书的《游击队歌》，也请他对将要建成的“火华文馆”给予关注。贺老很快给我回了信，并把手书的《游击队歌》相赠，这让我感动不已。谢谢贺老对晚辈的提携与支持。谢谢他对中国音乐及世界音乐的贡献。“贺绿汀”是个不朽的名字。

《中国人民解放军进行曲》的词作者公木

1997 年 10 月 11 日，我收到一封特殊的来信。信封上写着寄信人是“吉林大学文学院公木”。这让我感到信的重要。当时文化厅机关党委的秘书侯俊正在我办公室里谈事情。我说这就是解放军进行曲的词作者寄来的信。侯俊也感到好奇。随着信件的打开，看到一封简短的复信和一张用毛笔写的歌词《八路军进行曲》全文，结尾处写着“公木一九三九年延安”。另外加盖一个红红的公木的私人印章。看到这里侯俊秘书感到非常吃惊，他说：“这件东西太珍贵了。火书记（我当时在文化厅兼任机关党委书记），我们经常在一起工作有说有笑，感到你是现实生活中的人，当看到你的这些信件时，感到你是在和历史对话。”

公木先生是我特别崇敬的人。他是著名的词作家、诗人、文艺理论家。我从小就喜欢读他的诗。至于他写的歌词《解放军进行曲》《英雄赞歌》那更是千万人传唱，久唱不衰。我写诗和写歌词时在心里是以他为榜样的。因此就对他格外关注。此前我给老先生写了一封信希望能得到他亲笔写的作品。没想到 87 岁高龄的老人如此认真地给我回信，满足我的愿望。我真不知道怎么感谢他老人家才好。

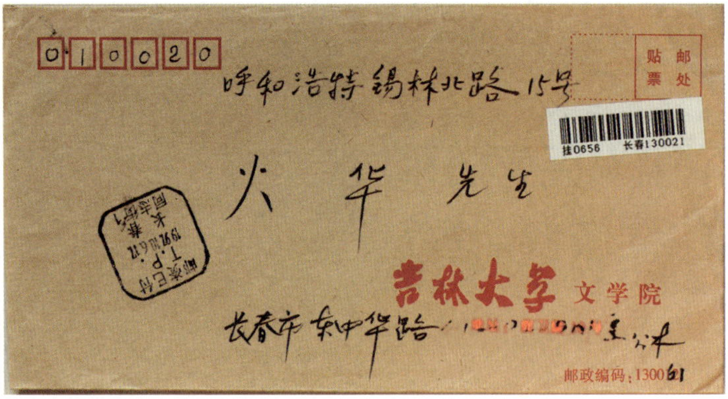

公木给作者来信的信封

随着对先生感情的加重，我对他的了解也越来越多。公木是 1910 年出生的，比我父亲还要大几岁。是河北束鹿人。在滹沱河边长大。原名叫张松如，把“松”拆开便成了公木。这是他笔名的来由。他早年曾在北平大学师范学院学习，后来到了延安，与诗人萧三等人成为好友。有一天，公木的窑洞里来了一个朝鲜族的小伙子，他的名字叫郑律成，是一位音乐工作者。此人后来成了鼎鼎大名的音乐家。一个人给两个国家写军歌是很少见的，而他就是。他写了《中国人民解放军进行曲》和《朝鲜人民军进行曲》。公木、郑律成这两个人一见面就特别投缘。一个作曲、一个写词，正是一对好搭档。一个唱响全军唱响全国的歌曲，就是从这个窑洞里飞出来的。当时冼星海的《黄河大合唱》非常有名，在军队里唱得很响。郑律成就和公木商量也写个大合唱。唱什么呢？二人商量就写《八路军大合唱》。根据郑律成的提议公木写了八首歌词：《八路军军歌》《八路

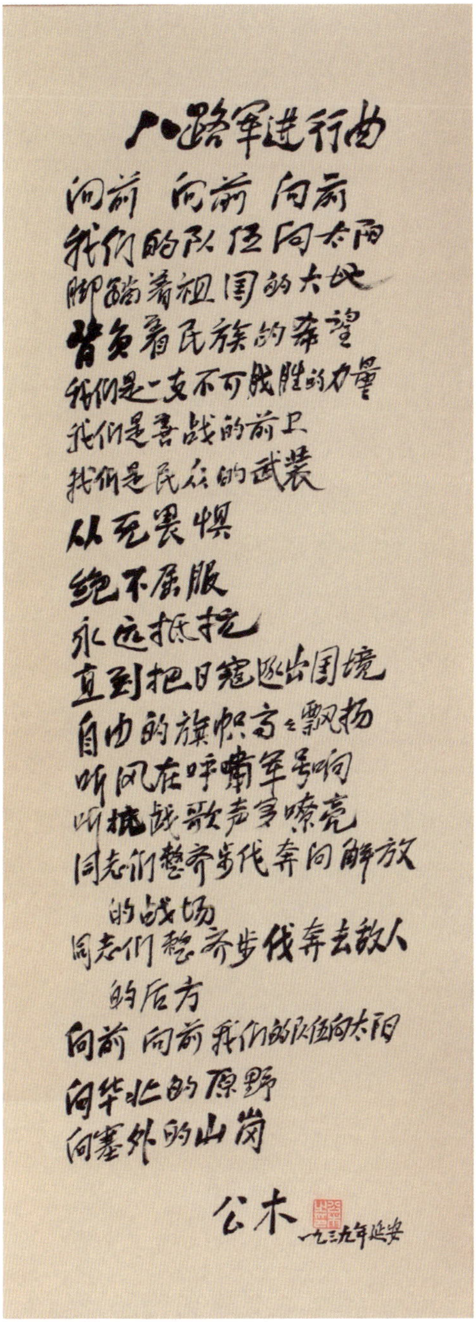

八路军进行曲

向前 向前 向前
我们的队伍向太阳
脚踏着祖国的大地
背负着民族的希望
我们是一支不可战胜的力量
我们是善战的前卫
我们是民众的武装
从无畏惧
绝不屈服
永远抵抗
直到把日寇逐出国境
自由的旗帜高高飘扬
听 风在呼啸军号响
听 抗战歌声多嘹亮
同志们整齐步伐奔向解放的战场
同志们整齐步伐奔去敌人的后方
向前 向前 我们的队伍向太阳
向华北的原野
向塞外的山岗

公木 一九三九年延安

公木《八路军进行曲》手稿

军进行曲》《快乐的八路军》《八路军与新四军》《骑兵歌》《炮兵歌》《军民一家》《子夜岗兵颂》。在艰苦条件下窑洞里没有钢琴，连手风琴也没有。郑律成就摇头晃脑、打着手势用嘴哼哼调子。经过几番周折，最后终于把曲子谱完了。延安“鲁艺”把这个大合唱油印成册发下去，各机关部队、学校开始演唱，掀起了大合唱的高潮。总政治部主编的报刊上还发表了大合唱的前两首。这就在部队里广泛地传唱开来。当时八首歌当中最受大家欢迎的是《八路军进行曲》。后来八路军改名为解放军。公木在歌词上稍加改动便改为《中国人民解放军进行曲》。这首歌从此便在全军传唱开来。每当部队有什么重要集会，都要全体起立，唱《中国人民解放军进行曲》。它在军队的位置仅次于国歌。1988 年，邓小平主持的中央军委会议决定将这首歌确定为《中国人民解放军军歌》。这是公木对我军建设的重大贡献。

公木先生另外一首成名作品是《英雄赞歌》，这是为电影《英雄儿女》写的主题歌。由著名作曲家刘炽谱曲。歌词大气、豪放、气壮山河，公木把自己在战争年代的感受、把我们军队的豪情壮志写进歌词：

烽烟滚滚唱英雄，
四面青山侧耳听。
青天响雷敲金鼓，
大海扬波作和声。
人民战士驱虎豹，
舍生忘死保和平……

大气磅礴的歌词再加上作曲家优美的抒情旋律，使这首歌曲成为艺术精品；随着电影的放映，不胫而走，引起广大群众强烈的共鸣，在祖国城乡大地广为传唱。多少年来久唱不衰。时至今日唱起这首歌仍然感到热血沸腾，浑身是劲。公木先生离我们而去，但他把歌声留在了我们的心里，一代一代传唱不息。公木是不朽的。

当然公木对社会的贡献不止这两首歌。他还是一位学者、教育家。一生著述丰厚，建树很多。出版有《公木诗选》《公木旧体诗抄》《诗论》《中国诗歌史论》《老子校注》《老庄论集》《毛泽东诗词鉴赏》等等。

正在讲课的公木

公木是在 1998 年 10 月去世的。听说他走的那天下着小雪。雪象征着纯洁，也象征着公木的人格。先生一辈子清清白白做人，认认真真做事，走得也是干干净净。我在报纸上看到老人去世的消息。直到今天我写了以上的一些话，以告慰先生在天之灵。

先生：我爱你，永远地爱你。

《谁是最可爱的人》的作者魏巍

在写这篇文章之前我一直在告诫自己内心要平静些，再平静些。要在这里平铺直叙地介绍出我们的老作家魏巍同志。

魏巍原名叫魏鸿杰，曾经用过笔名红杨树，1920 年出生在河南郑州。小时家境贫穷，15 岁时父母双亡，靠抄抄写写度日。抗日战争爆发后他参加八路军，在抗日军政大学学习，毕业后在部队做宣传工作。

他一生勤奋写作，创作出大量的文学作品。1942 年，他创作的长诗《黎明风景》获晋察冀边区文学艺术联合会颁发的“鲁迅文艺奖”。1952 年与白艾共同创作出版了中篇小说《长空怒风》。1956 年与钱小惠合作写出了电影小说《红色风暴》。1978 年创作完成的长篇小说《东方》获茅盾文学奖。

说到魏巍老师最有影响的作品，要数 1951 年发表在《人民日报》上的《谁是最可爱的人》。据说毛主席曾经批示“印发全军”，从此这篇文章便成了家喻户晓人人皆知的作品，也正是从那时起，我们的人民子弟兵有了“最可爱的人”

作者与魏巍（右）

的称号。

上小学时我就读过《谁是最可爱的人》。后来上中学、上大学都是重点学习篇目。每次读它都有一种激情在心里涌动，它让我振奋，让我感动，让我从内心里感到志愿军战士的崇高与伟大。这篇文章对我的内心形成了强烈震撼。也因为这篇文章，让我对文章的作者——魏巍充满了敬意。心里总在想什么时候有机会能和魏巍老师见上一面，那该是多么幸福的事情啊。不过对于一个学生来说，这真是一个不可能实现的梦想。然而机缘巧合，竟然让我梦想成真，而且还成了这位大作家的朋友，这大概是上天对我这个穷孩子的恩赐吧。

1977年的夏天我以内蒙古军区文工团创作组长的身份，出席北京军区文化工作会议。在吃早点的时候有人向我介绍一位首长，北京军区文化部魏部长，然后告诉我他就是著名作家魏巍。我高兴得不知说什么好，慌忙整理一下军装恭恭敬敬地敬了个军礼，“首长好！”介绍的人向部长说这位是内蒙古军区来的火华同志。部长热情地和我握手。问我：“是建设兵团写诗的那个火华吗？”我说：“是的。”他说：“你的诗我看过，写得很好，很有生活气息，很有新意。这次你调到内蒙古军区来很好，增加了我们北京军区的创作力量。是个大好事啊！”

这是我第一次见到魏巍同志，他中等身材，身体结实，面色红润，戴着度数很高的眼镜。他和蔼可亲，平易近人，几句话便拉近了我们间的距离。他既不像作家，也不像首长，更像是亲人，亲近到可以随时随地为你提供帮助的人。

在整个开会期间魏部长总把培养新人繁荣创作放在重要位置，鼓励部队文艺工作者深入基层为部队服务，通过发展文化工作提高部队战斗力。每次吃饭他总是和我们在一起，问这问那。大家也把抗美援朝的一些事情拿来问他。

有一次魏部长问我：“在你的生活里，对抗美援朝的印象是什么？”我说小时候我家在一个穷山沟里，消息闭塞。一次我们村里的一个童养媳从沟外边的娘家回来带来一首歌，她便教我们这些孩子唱。唱的歌词是“穷舅舅气囊囊”。我问为什么穷舅舅生气呢？她说，舅舅越穷心情就越不好，就特别爱生气。他越生气，就越穷，所以老是气囊囊的。因为她比我大几岁，她总是教我如何认识野菜，哪些可以生吃，哪些必须煮熟了再吃，哪些是有毒的绝对不能吃。所以她的话对我们来说就是权威。她怎么教我们就怎么学。后来我上了学，有了更广阔的视野，才知道那首歌是《中国人民志愿军战歌》。唱的歌词应该是“雄赳赳气昂昂，

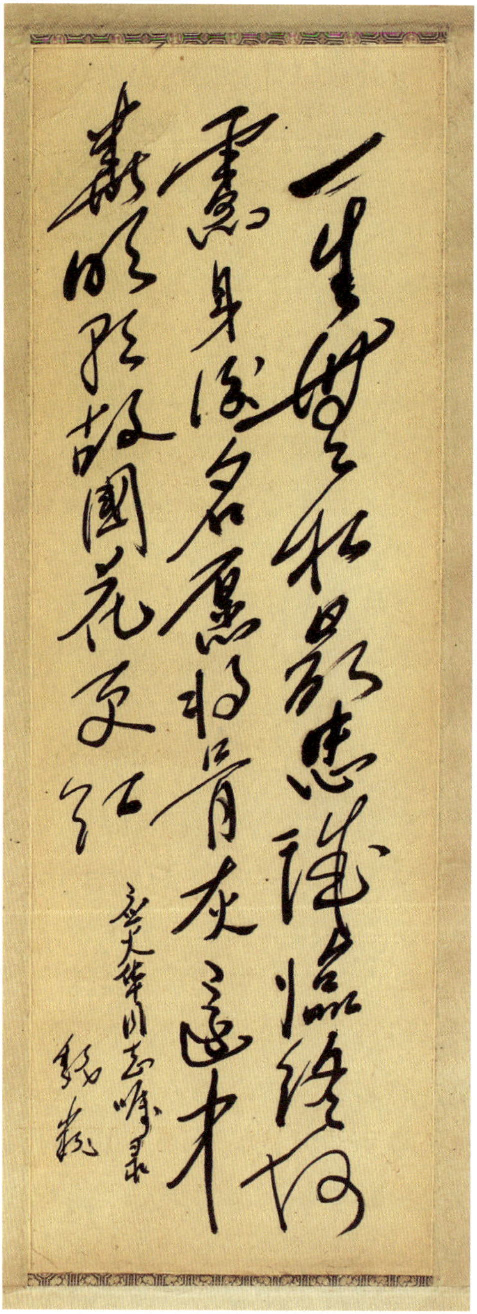

魏巍给作者的书法作品

跨过鸭绿江”和“穷舅舅”一点关系也没有。这个故事让魏部长开怀大笑。他说“你们村那个童养媳真会发明啊！

会议快要结束的时候，我请魏部长写幅字留作纪念。魏部长提笔写了一首他悼念周总理的诗：“一生无私最忠诚，临终何虑身后名。愿将骨灰还中华，明朝故国花更红。应火华同志嘱录——魏巍。”为了激励我努力写作，他还写了“勤奋”两个字送给我，“勤奋”从此成了我一生的座右铭。

粉碎“四人帮”宣告了“文化大革命”的结束。“文革十年”不曾发展会员的中国作家协会开始发展新

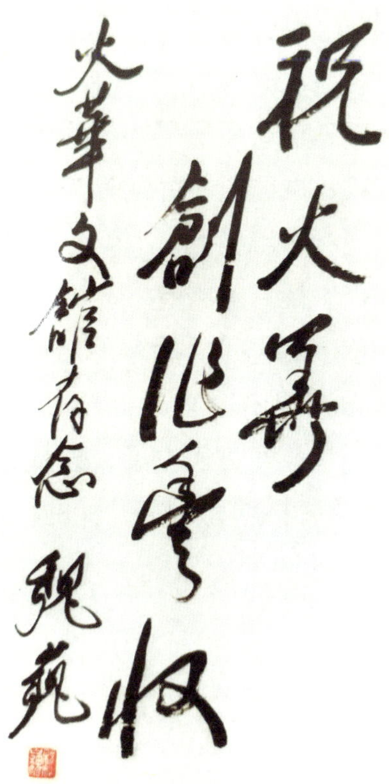

魏巍给“火华文馆”的题词

会员了。成为中国作家协会会员必须有两个条件。一是出版过两本书，二是由两名正式会员介绍。魏巍老师一向以培养文学青年为己任，他首先想到了我。他让我把相关材料寄给他，由他联系作家协会的另外一名会员介绍，促成此事。这是我人生中的一件幸事，使得我在四十岁之前就成为中国作家协会的会员。

在我的创作生涯中一直得到魏巍老师的教诲与指导。我是幸运者。特别是写出《美丽的草原我的家》之后，老师对我更是爱护有加，后来我从部队转业到地方做行政领导工作，他仍然非常关心我。

1996年，宁夏人民出版社准备出版《诗人词作家火华》一书，书的作者请魏巍老师给书写个序言。魏巍老师非常爽快地答应了下来，并且把写好的序言寄给我。在序言中他叙述了我们间的友谊及对我的期望。有一次我去拜访他，那时魏巍老师年事已高，走路有些困难，耳朵也有些背，但他依然没有忘记对我这样的后辈的培养、教诲和鼓励，提笔为我写了“祝火华创作丰收”的条幅相送。

现在魏巍老师已离我们远去了，但他好像时时刻刻都活在我的身边。他的人格魅力永存，他的精神永存。

《小英雄雨来》的作者管桦

也许今天的人们对管桦这个人有些淡忘，但在我的心目中管桦是个了不起的作家。在小学课本里我们“认识”了雨来，雨来是我们心中的小英雄，写雨来的人当然也是英雄了。还有那首《听妈妈讲那过去的事情》的歌曲也是管桦作的词，这使我对他更是敬佩不已。

在1980年的早春，我带着自己新出版的诗集去拜访管桦先生。他住在北京府右街一个平房院子里。那里的房屋很密集，一个院落套一个院落，就像走进迷宫一样。一路走一路问，最后来到管桦家的门前。

管桦

他家的窗前种着几株竹子，在周边一片灰腾腾的环境中，这几株竹子显得格外醒目。高挑的竹子随风摇曳苍翠欲滴，露出勃勃生机。我猜想这就是

"管桦竹"创作的源泉吧。那些文人雅士家里悬挂的"管桦竹"的源头一定就在这里。

轻叩大门，迎接我的正是我心目中的大作家管桦。他一脸和气，中等身材，身体有些消瘦。看到我的诗集他很高兴，一边翻着书一边赞赏着一些诗句。

在我们的交谈中我才知道，管桦不姓管，姓鲍。原名叫鲍化普。他的父亲是抗日名将鲍子箐。管桦从小就受到父亲的影响，还是孩子的他就与小朋友一起站岗放哨，送鸡毛信。我们在雨来身上就能感受到少年管桦的影子。

1942年，他从华北联合大学文学系毕业，到冀东军区尖兵剧社工作，开启了文学创作生涯。他写了小说《辛俊

管桦赠予作者的画作"管桦竹"

地》《将军河》，还有一些歌词作品《快乐的节日》《我们的田野》也在人们心中留下很深的印象。中华人民共和国成立后他调到北京作家协会，成为驻会作家。

当年出版的《小英雄雨来》

管桦在“文化大革命”期间受到许多不公正的待遇。于是他开始试着用画画的方式来面对生活。管桦的绘画基础很好，一画起来很得心应手。管桦画竹别具一格，独具风采。“未出土时便有节，达凌云处仍虚心。”既是竹子的天然状态，也体现了管桦自己做人的品质。一时间“管桦竹”成为京城文人争相索要的艺术品，谁家里有一幅“管桦竹”便使得家里熠熠生辉。我环顾一下这不大的房间周围到处都是先生作的画。满床堆着“管桦竹”。先生看出我的心思，“你挑一幅吧，挑一张你喜欢的。”我特别高兴拿了一张。这就是后来成为我家的传家宝的“管桦竹”。

在他加盖印章时特别向我强调“丰润人”三个字。丰润是他的家乡，是他永远也不能忘怀的地方。据说管桦到了晚年，干脆在老家盖了几间房彻底搬到乡下去住。在农村采风，在农村作画，画了之后再送给农民看。他把自己的生活变成了农民生活，真是接地气。若干年之后，后人为了出画册到农村搜集管桦的画作时有的已经被农民糊了窗户，收集画作的人们觉得心痛不已。但根据我对管桦的了解，他本人也许根本不觉得痛心。艺术本来是从民众那里来的，再回到他们生活中，这是很自然的事儿。

在我起身告辞时管桦坚持送我出门，原因只有一个，他说如果不送我出门的话，我是肯定找不到出去的路的。我只好听先生的话，先生前面走，我在后面跟。有先生领路果然要比自己寻找来得顺利。站在府右街的大院门前，我们依依不舍地告别。这是我第一次与管桦先生见面，也是最后一次见到他。谢谢先生的引领，谢谢先生的“管桦竹”。

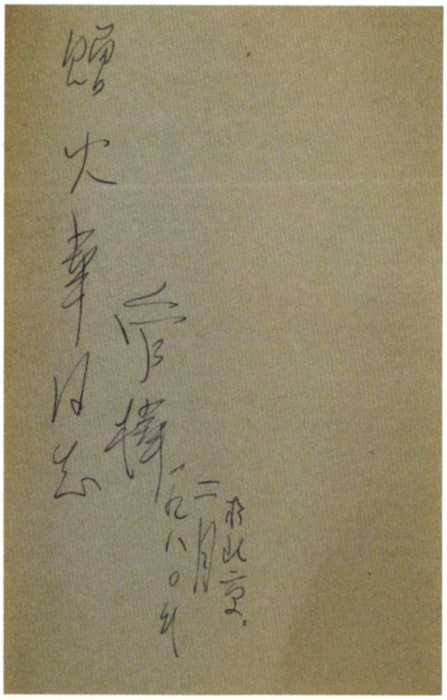

管桦给作者的书上签名

将军诗人李瑛

诗人李瑛是我写诗时拜访的第一位诗人。当时正是“文化大革命”期间，几乎所有作家都靠边站了。无人敢写作品了。全国文学刊物也全部停刊了。只有军队诗人李瑛在不停地写作。他所主办的《解放军文艺》照常出版。这成了全国唯一的一本文学刊物。这引起了全国青年人的格外关注。李瑛的诗写军队题材，清新淡雅、诗情浓郁。看不到“文化大革命”“致敬电”那类标语口号对作品的影响。我当时把他写的《枣林村集》《红花满山》装在兜里随时学习。我和旭宇正值写诗的高峰期。我们把诗稿投到《解放军文艺》，很快发表出来，这对我们是极大的肯定和鼓舞。

诗人李瑛

有一次我回家休假经过北京时去拜访这位诗人。因为道路不熟，费了好大的劲才找到了《解放军文艺》社。在我见到他时已经到了下班时间，真是不好意思。在很短时间内他还肯定了我们诗歌的长处。他对青年人寄予厚望，还谈了诗的创新，鼓励青年到火热生活中去获取灵感。初次见面就占用了这位首长的休息时间，我便起身告辞。但这一次给我的印象是深刻的。以后每有新诗问世都给他寄去，得到他的回信点评。

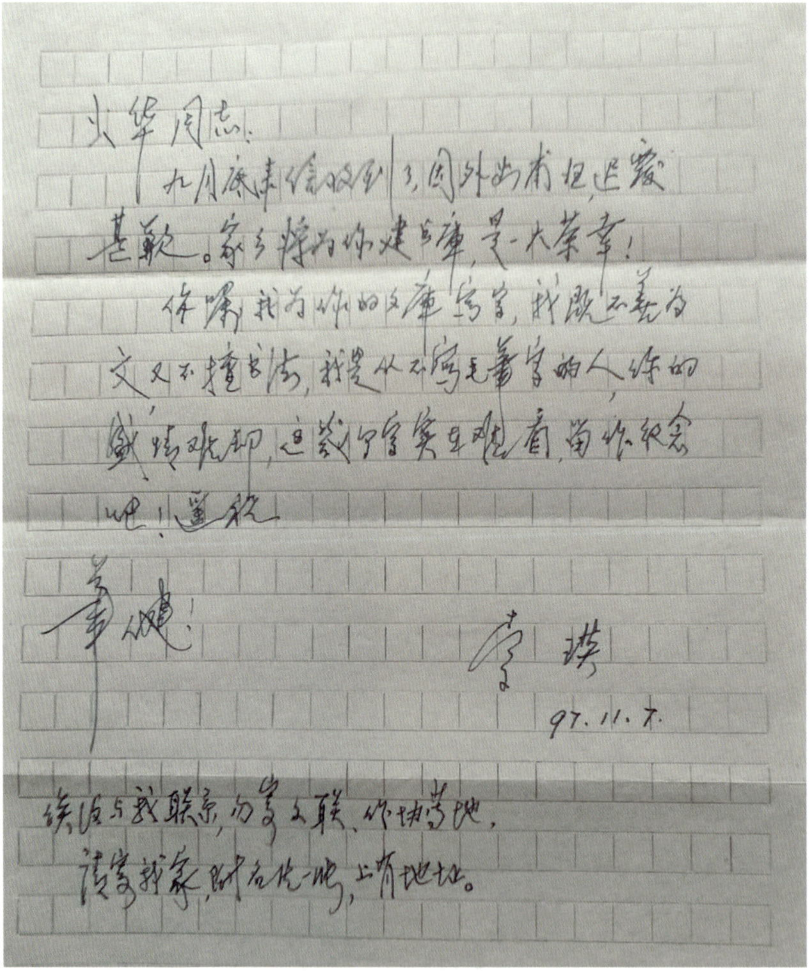

火华同志：

九月底来信收到了，因外出未归，迟覆甚歉。家乡将为你建文库，是一大荣幸！

你嘱我为你的文库写字，我既不善为文又不擅书法，我是从不写毛笔字的人，你的盛情难却，这几个字实在难看，留作纪念吧！遥祝

笔健！

李瑛

97.11.8.

今后与我联系，勿寄文联、作协转，请寄我家，附名片一张，上有地址。

李瑛给作者的来信

他成了我学诗的良师益友。

李瑛是一位高产作家，也是劳动模范，他以自己的实际行动告诉我们如何生活。他从 1943 年发表第一首诗开始就不停地写作。他用诗记录着生活。据说他一生出版过六十多部诗集。真是让人吃惊。他的《我骄傲，我是一棵树》曾获全国诗集评选一等奖。《生命是一片叶子》获首届鲁迅文学奖。《我的中国》获全国优秀图书奖。他的《一月

李瑛给作者的题字

的哀思》选入课本成为教材。他曾任《解放军文艺》总编辑、总政文化部长、中国文联副主席，又是一位将军诗人。笔和枪在他的手上运用，文和武在他的肩上汇合。

20 世纪末，在我的老家要建火华文馆。他得知后写了一个条幅表示祝贺。他写的是“如火繁花满枝头——赠火华同志，李瑛一九九七年十一月”。

他写的这句诗用了谐音手法，里面暗含“火华”二字，诗意浓烈；让人想起“红杏枝头春意闹” 的场面，是说我的作品像春天来临万花怒放的繁茂景象，其实和大师们相比我这点作品是很惭愧的。只能把这句话当成目标追求就是了，唯有余年努力奋斗才能对得起先生。

《红色娘子军连歌》的曲作者黄准

看了这个题目难免给人以偏概全、挂一漏万的感觉。黄准作为影视作曲家的她一生写了上百部的音乐作品怎么可能成名于一首歌呢？不过《红色娘子军连歌》确实是她最有影响力最有代表性的作品。

我和黄准老师是在上海认识的。1997年，上海有一个“人民警察歌曲”评奖活动，我作词、阿拉腾奥勒作曲的《夜风轻轻》一歌获奖。我与老阿一起去上海领奖，上海市委副书记陈智利和宣传部长给我们颁奖。此后举行了座谈会。我正是在会上与黄准老师见面的。

我们那个时代的人文化活动较少，看一场电影就成了很大的享受。黄准的名字常出现在电影屏幕上，在生活中一见到真人感到很新奇。让我万万没想到黄准竟然是个女的。对黄准来说这种事情发生得太多了。人们给她写信称黄先生，孩子们给她写信称黄爷爷。因为她的名字太男性化了。她本来叫黄雨香，1926年生于浙江黄岩，12岁到了延安，为了迎接全新的生活，决定改掉“雨香”这个软绵绵的名字，可又想不起来什么名字为好。怎么也定不下来，后来

作者与黄准（左）

干脆由姐姐拿一本字典，随便翻，她闭上眼睛，点到哪个就是哪个，最后点到“准”字上，于是就用了一辈子。

黄准老师很健谈，她典雅、端庄、落落大方，见到她你就会想到母亲、慈爱、宽容等字眼。具有中国知识女性的一切优点。她有过良好的教育，受到大师的真传。她在延安因为唱歌乐感很好，受到冼星海的赞赏，吸收她为“关门弟子”。从此改变了她的一生。

她从延安鲁艺毕业后开始了电影音乐创作，先后完成《太原战役》《踏上生路》、大型记录片《新中国的诞生》、故事片《新儿女英雄传》。她在上影完成了《淮上人家》《燎原》《秋翁遇仙记》《女篮五号》《红色娘子军》《舞台姐妹》《牧马人》的音乐配置工作。

黄准老师是一位和蔼可亲的人，和她交谈很有意思；但她又是一个很有主见的人。据说她与谢导演合作拍《红色娘子军》时想找一个现成的连歌，她们向老红军要当时的连歌，但谁也说不出来。没有连歌，于是有人就想用《三大纪律八项注意》来代替。黄准坚决不肯，她要坚持自己写一首“连歌”出来。见她坚决也就只好先让她试一试。等她的初稿出来一唱，大家也就同意了。

黄准老师待人热情，她的身体很好，看上去比实际年龄要小得多。和我认识时她已是七十多岁的人了。但感到是五六十岁的样子。她有一套自己的养生法，永远保持一个“美丽的老太太”的形象。

在北京成立“火华文馆”征集名家贺信时，她热心地寄来《红色娘子军连歌》总谱，后来又寄来《红色娘子军连歌》。现在把她的手稿展现于此，做为永久的纪念。

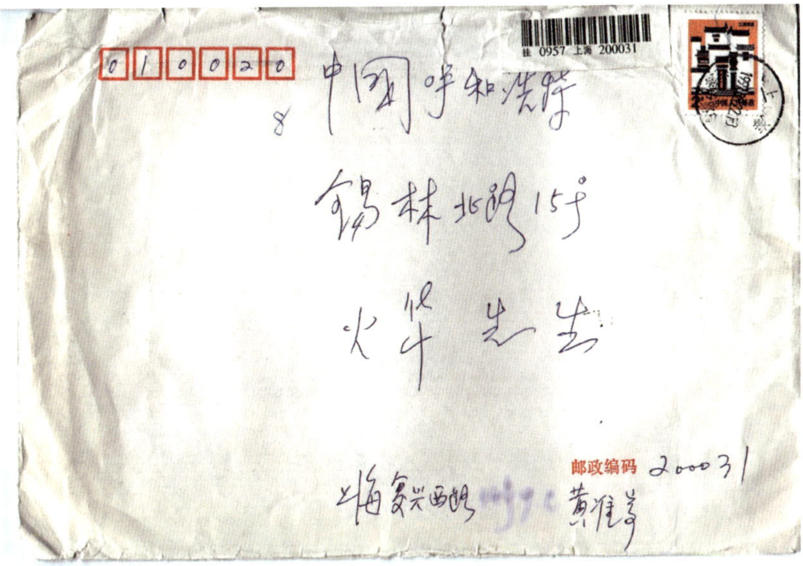

黄准给作者来信的信封

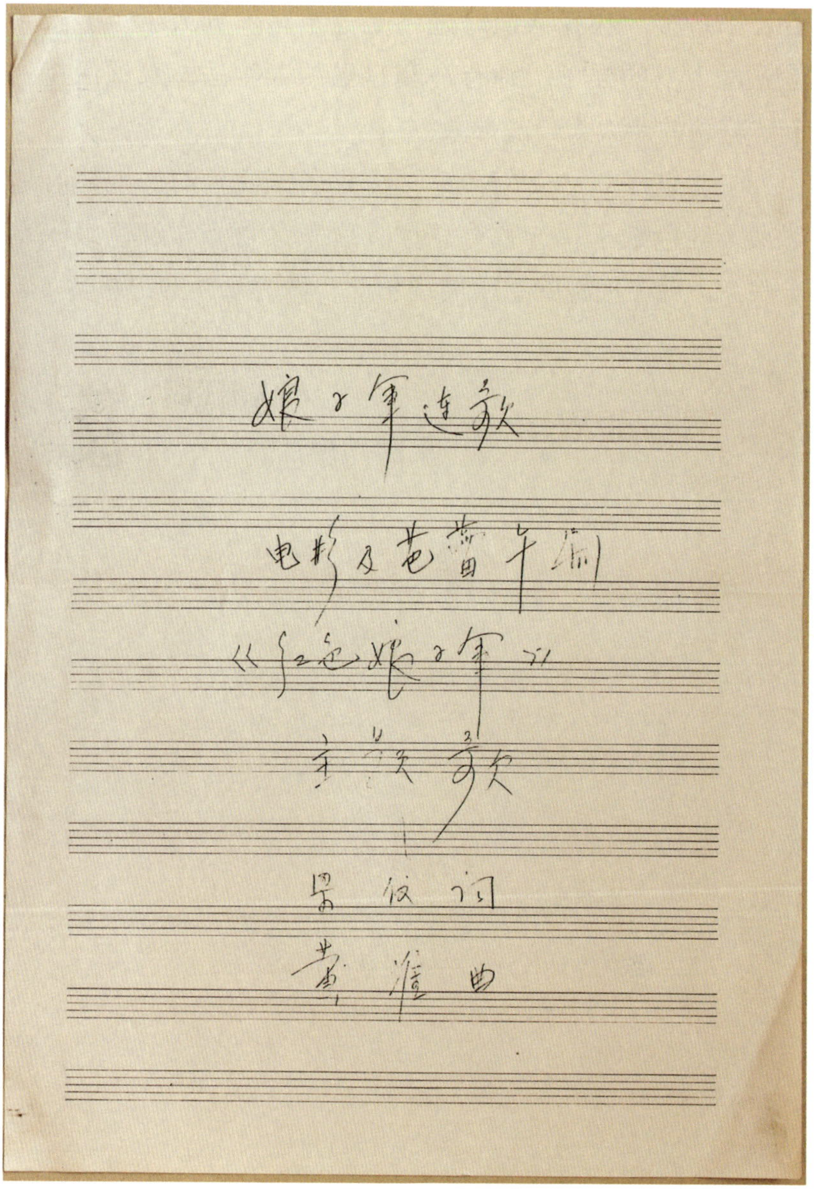

红色娘子军连歌手稿 01

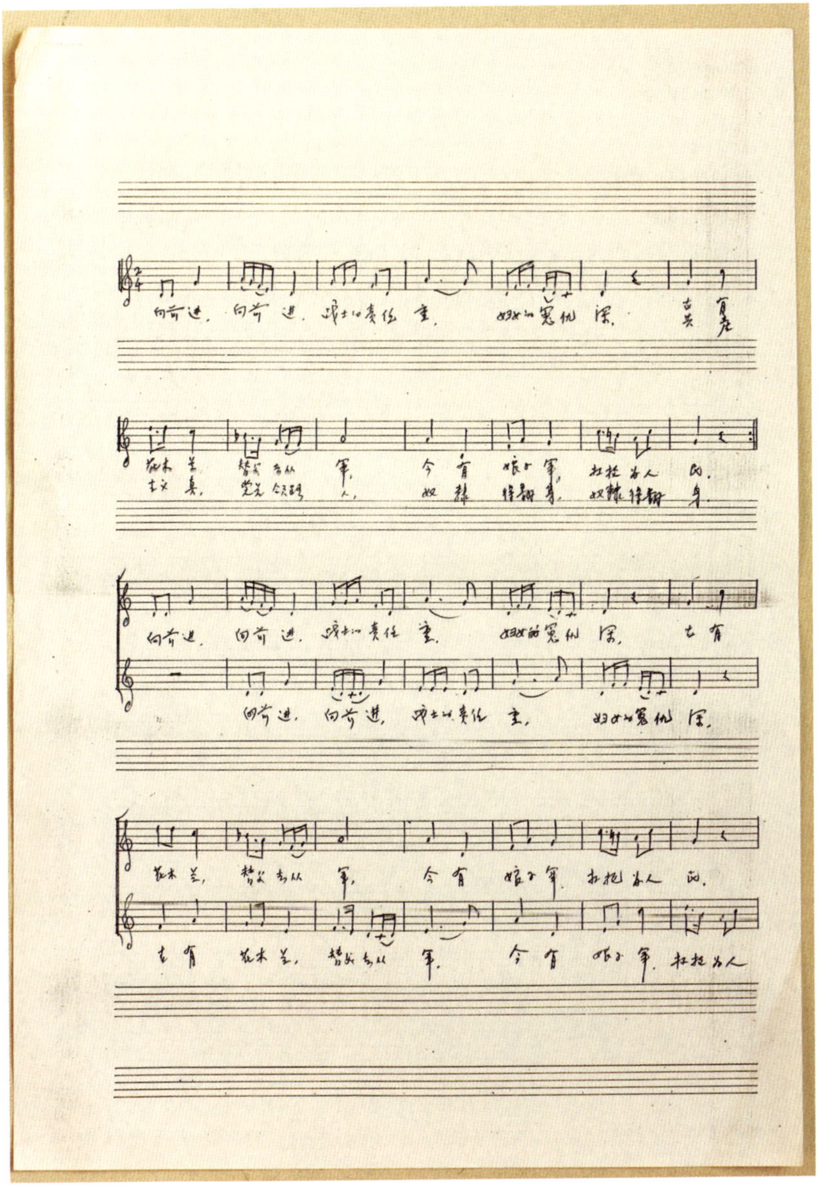

红色娘子军连歌手稿 02

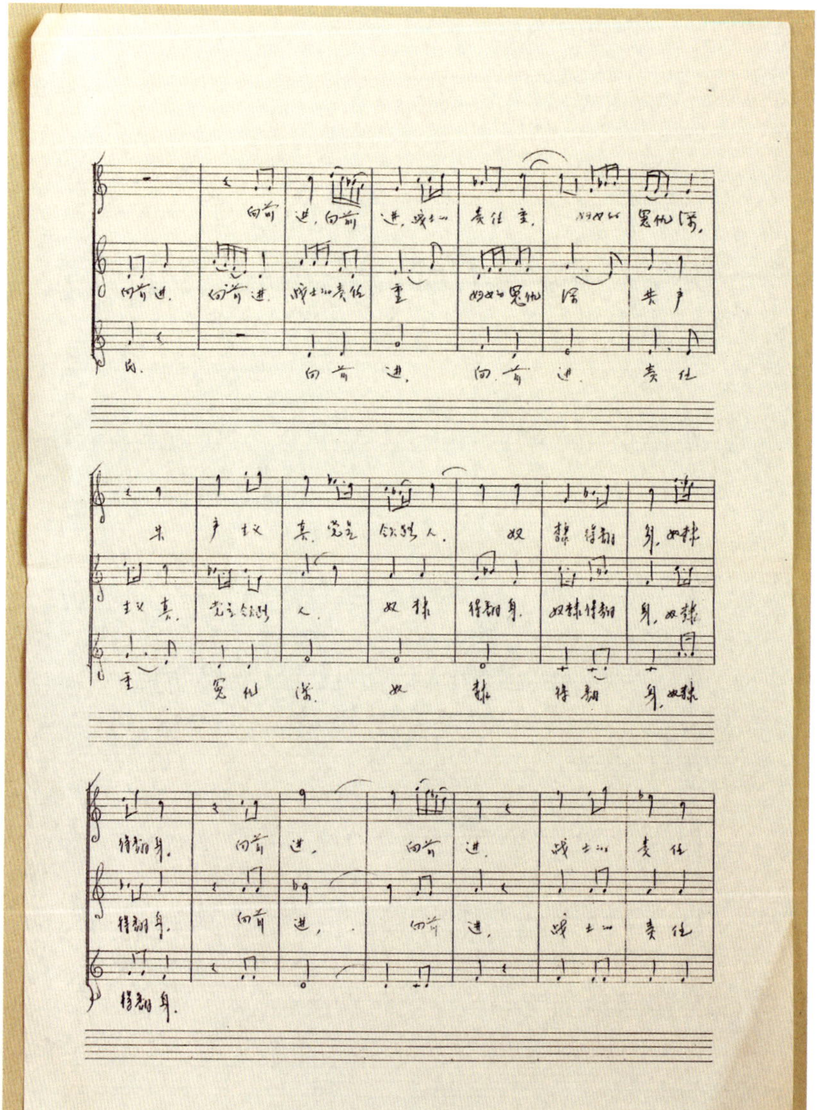

红色娘子军连歌手稿 03

红色娘子军连歌手稿 04

《社会主义好》的曲作者李焕之

在我上中学的时候，社会上流行着一首《社会主义好》的歌曲。这首歌代表着那个时代。我们学生宿舍在县城的北面，教室在县城南面，每天放学要经过县城。那时没有电视，广播特别普及，几乎每个门脸、每家每户都有小喇叭；喇叭里经常播放这首歌。每天我们要听着这首歌走回宿舍。这首优美的歌曲是由李焕之作曲的。当时心想什么时候能和这个人见见面，那该多好啊。他一定很有学问很有天赋。可转念又想自己是个山区的学生不可能有这样的机会，还是算了吧。后来我省吃俭用买了一支口琴，学着吹奏这首曲子。一来二去也吹得像个样子了，在校常吹给同学们听，放假回到村里吹给农民听。

李焕之

真是机缘巧合，二十年之后，我和这位音乐大师见了面。那时我已经是内蒙古军区文工团创作组长，也是中国作家协会会员和中国音乐家协会会员。出席 1985 年在北京召开的第四届中国音乐家协会代表大会，与这位大师见了面。也就是在这次代表大会上李焕之当选为中国音乐家协会主席。我对他的了解也不再只是《社会主义好》一支曲子。他在音乐界的贡献远比我想象的要多得多。

李焕之是著名作曲家、指挥家和音乐理论家。好像他就是为音乐而生的，一生都在为音乐工作，并取得卓越成就。

他是福建人，1919 年出生于香港，在厦门读完小学与初中就到国立上海音乐专科学校学习合声。他天资聪颖，16 岁就谱曲《牧羊哀曲》，从此一发而不可收，写了大量的音乐作品。抗战时期他谱写抗战歌曲，鼓舞人民的斗志。1938 年赴延安入鲁迅文学艺术学院音乐系学习，毕业后留校任教，从事作曲、指挥、编辑工作。解放后又担任许多音乐团体的行政领导，但一直没有停下手中的笔。写下《小八路》《青年颂》《红旗之歌》《向胜利进军》等歌曲。后来又写了民歌合唱曲《生产忙》《八月桂花遍地开》《山茶谣》《送郎当红军》。还写过电影音乐《暴风骤雨》、舞剧音乐《白娘子》、筌篌独奏曲《高山流水》、管弦乐组曲《春节》等。出版有《民族民间音乐散论》《音乐创作散论》《作曲教程》《李焕之声乐作品选集》等。

抓住四届音代会将结束的机会，我与湖南词作家夏劲风一同拜访了这位音乐大家。李焕之同志非常热情地接待了我们。令我意外的是他对我写的歌词《美丽的草原我的家》《请喝一碗马奶酒》非常熟悉，并给予高度评价。他说：“你的歌词很美，有一种诗的境界、诗的语言，这是一个长处。

歌词应该与诗并驾齐驱，它是诗的一个品种。是能唱的诗。要把握诗的艺术境界，给人以美的享受。”

那天晚上我们谈了很多，他对青年人寄予厚望。临别时他为我题写了“戎马浩歌壮边塞”的条幅。还为夏劲风创办的《潇湘词报》题写“南国词苑一枝花”的书法作品。

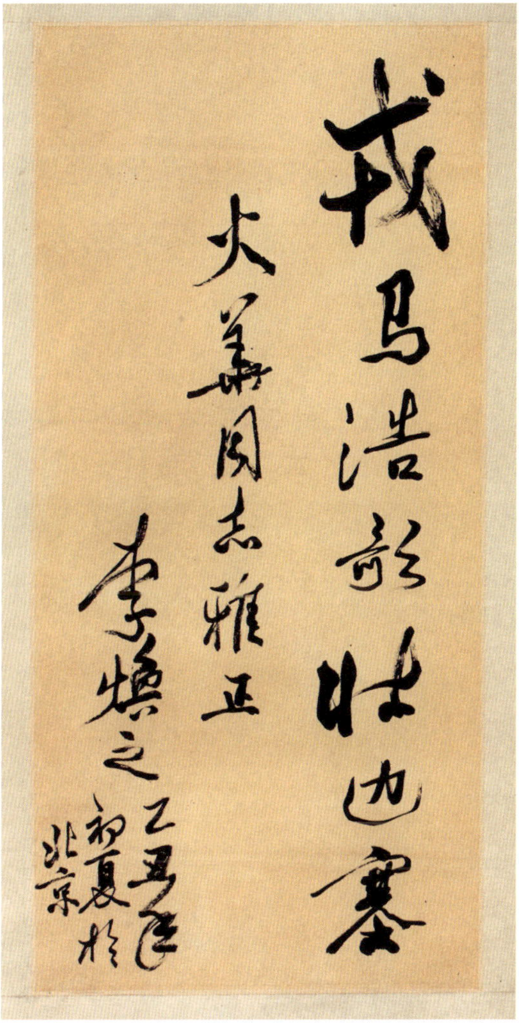

李焕之赠作者的书法作品

李焕之同志对我的鼓励教诲让我永远难忘，他的题词成了我的座右铭。因为工作繁忙，我转业后又作了十几年行政领导工作，没有机会去拜访焕之老人。但他在我心中的位置永远像山岳般矗立着。1998年，我的家乡北京怀柔县建立“火华文馆”。在向名家征集贺信贺辞时，得到了焕之老人的支持。他深情地写来了贺信和一首贺诗：

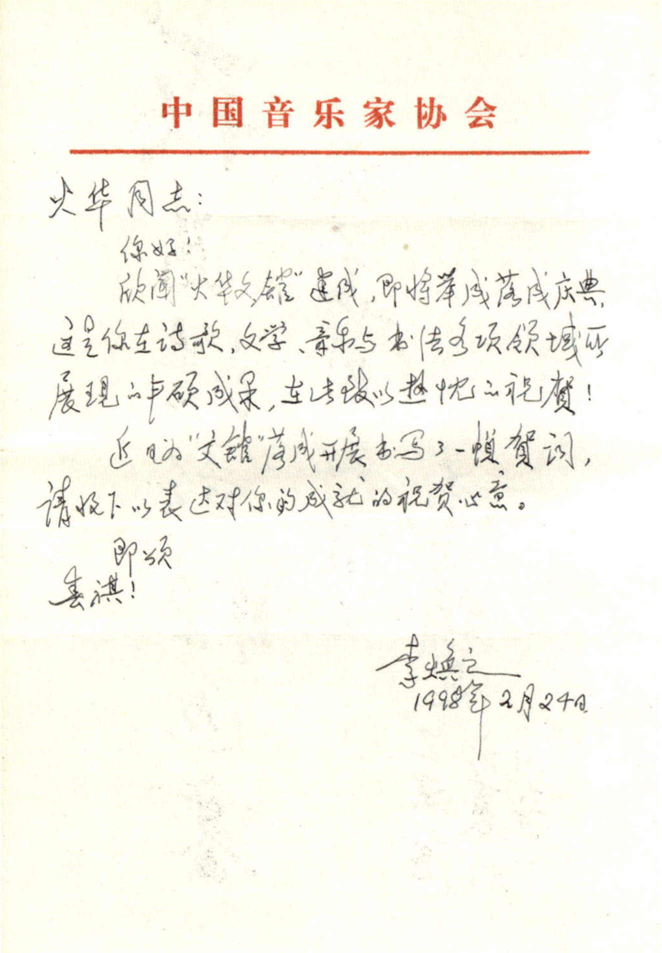

中国音乐家协会

火华同志：

你好！

欣闻"火华文馆"建成，即将举行落成庆典，这是你在诗歌、文学、音乐与书法多项领域所展现的丰硕成果，在此谨以热忱之祝贺！

近日为"文馆"落成开展书写了一幅贺词，请收下以表达对你的成就的祝贺心意。

即颂

春祺！

李焕之
1998年2月24日

李焕之给作者的贺信

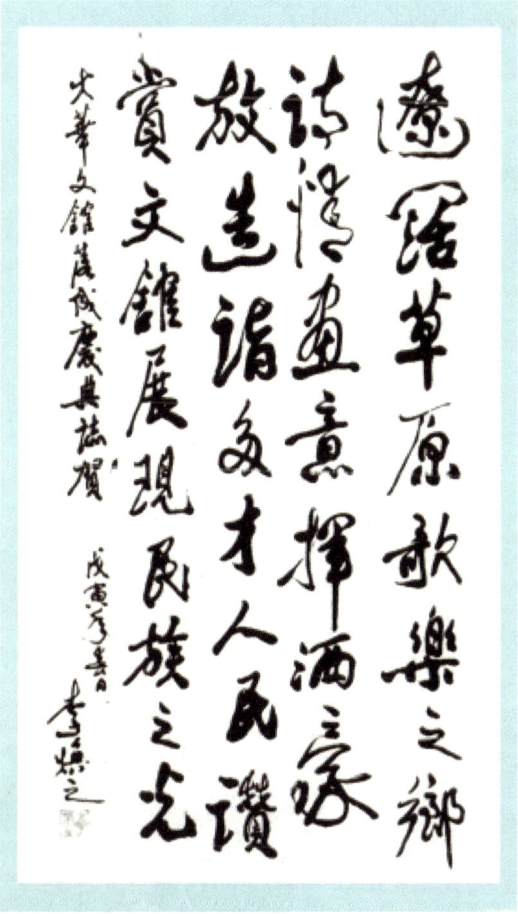

李焕之的题词

辽阔草原歌乐之乡，
诗情画意挥洒豪放。
造诣多才人民赞赏，
文馆展现民族之光。

火华文馆落成庆典志贺

戊寅年春月李焕之

在我收到他的贺诗的第三年，我得知这位我国音乐界的泰斗，我尊敬的老人与世长辞了。但他的形象深深地印在我的心中。永远不会离去。

焕之老人去世后在他的家乡厦门音乐广场竖起老人的雕像。取意境为“乐思如潮，心静如水” 。在雕像旁边刻有老舍先生在 1963 年献给焕之的诗：

碧海作琴浪作弦，
水仙吹笛老龙眠。
滩头自有知音客，
谱出风云交响篇。

这首诗恰到好处地表达了此刻的情景。老人在这里面对海风、海浪、思索着优美的弦律……

2017 年的秋天我女儿郑华要去厦门出差，我告诉她再忙也要去拜祭李焕之先生的铜像，表达我的崇敬与思念之情。女儿到了厦门深情地拜祭焕之先生并与铜像合影留念。从网上传回这张照片。这让我心里感到十分地安慰。

郑华拜祭李焕之先生铜像并与之合影留念

有幸相约马识途

有一年，中央电视台在春节晚会上开展对春联活动。上联是“碧野田间牛得草”，让广大观众对下联。这幅上联是由三个著名人士组成的。碧野是著名散文家，田间是著名诗人，牛得草是豫剧表演艺术家，他在《七品芝麻官》里扮演唐知县。电视台要求下联也要由三个人名组成。这样就产生了许许多多的下联。最后公布的标准答案是“金山林里马识途” 。金山是一位电影界人士，林里是著名记者，马识途是一位著名作家，他的作品非常丰厚，影响深远。是我国巴蜀现代文学承前启后的重要作家。有机会结识这位前辈是很荣幸的事情。我自己也写了一副联：

无缘会见牛得草，
有幸相约马识途。

那是 1987 年 5 月，中华诗词学会在北京成立。我作为学会发起人出席了成立大会，并当选为常务理事。马识途先生当选为副会长。大家在一起开会，共同探讨中华诗词

作者与马识途（右）

发展大计。彼此相互了解相互认识。所有参会人员住在北京的辽宁饭店。我约马老晚饭后到我的房间小坐，马老欣然答应。晚上马老如约来访，我们一起谈诗词谈创作，彼此介绍了自己的情况。了解也就越来越深。

马识途原名叫马千禾。1915 年生于重庆。因为一个成语“老马识途”而改成马识途的。他写书法作品时落款是“识途老马”，印章是“马识途”。我们见面时他已 72 岁了，但看上去也就五十岁左右的样子。他很健谈，对年轻人给予很多鼓励。马老系由西南联大文学系毕业，很早就参加了革命，做过党的地下工作，参加过“一二·九 运动”。任过鄂西特委书记，川康特委书记。中华人民共和国成立后任过四川省委宣传部长、省文联主席、作协主席等职务。

马老勤奋写作笔耕不辍，写出了大量的文学作品。有长篇小说《清江壮歌》《夜谭十记》《沧桑十年》，纪实文学《在地下》等。他不仅为解放大西南做出过贡献也为大西南的文艺事业做出巨大贡献。

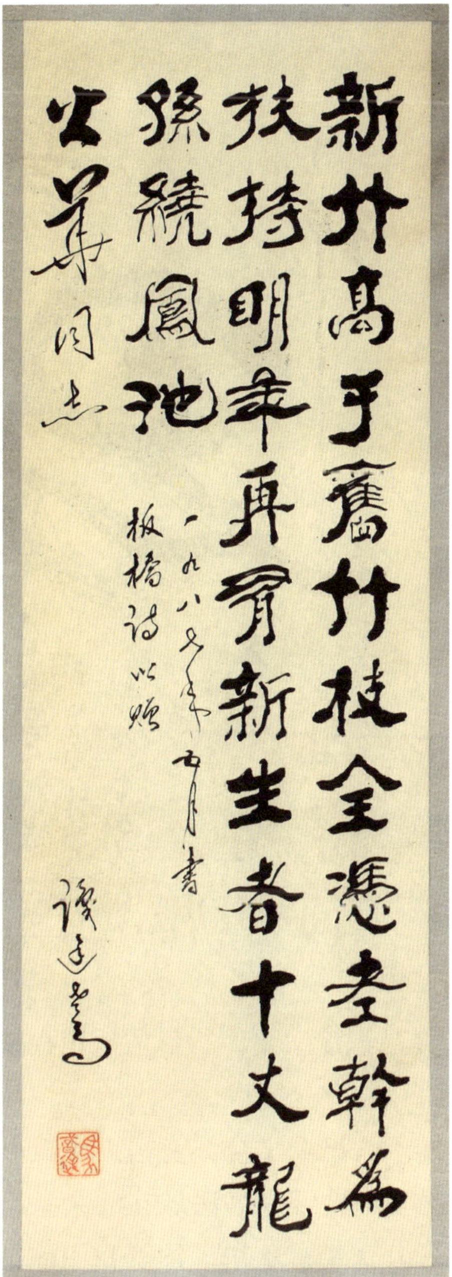

马识途赠与作者的书法作品——郑板桥诗一首

在马老起身要离开我房间的时候我请他题字留念。马老很高兴挥笔写下郑板桥的一首诗：

新竹高于旧竹枝，
全凭老干为扶持。
明年再有新生者，
十丈龙孙绕凤池。

结尾处写着“一九八七年五月书板桥诗以赠火华同志”。署名是识途老马。写完这幅字之后马老余兴未尽，他要为我再写一幅。这次写的字是“三思而行”。后面落款里写着“古稀之年始悟斯言，而行犹未能也。书以与火华同志共勉。”他对我说，有些道理是用一辈子去感悟的。我七十来岁才悟到，还不能付之行动。马老语重心长。同样一句话，七十岁的人说出来和四十来岁人说出来会有许多不同。马老说这句话我感到是沉甸甸的。他真是我的良师益友。

我在写这篇文章时上网搜了一下马老的近况。他的近况十分令人欣慰，他身体状况很好。在建国 60 周年之际还写诗表示祝贺。他成功地举办了个人书法展，出版了《马识途书法》一书。出版了 12 卷本的《马识途文集》。目前他正在整理编写续集。这真让人鼓舞。

马识途赠予作者的书法作品——三思而行

2013 年，马老还被授予“巴蜀文艺终身成就奖”。现在马老已进入百岁高龄，马识途百岁书法展在北京举行引起轰动，好评如潮。这位识途老马还在带领着我们前进。我们祝愿马老健康长寿，快乐幸福。

词坛泰斗乔羽

在1981年10月的一天，南下的火车包厢里一片哗然。词作家乔羽先生正在给大家讲笑话，掌声不断笑声不停。躺在上铺的一位女同志讲话了："能不能别讲笑话了，我笑得肚子都疼了。"这位讲话的就是大名鼎鼎的女作曲家瞿希贤。她曾经写过《听妈妈讲那过去的事情》《全世界无产者联合起来》等歌曲。她这次是同乔羽等人一起去株洲参加歌词创作座谈会的。乔羽先生马上制止了大家的笑声。他说从现在开始谁也不准出声，让瞿老师好好休息。包厢里顿时鸦雀无声。爱笑的人把嘴捂上。安静了三五分钟，睡在上铺的瞿希贤老师又咯咯地笑了起来。乔羽说：天地良心，这次我连一声也没吭过。瞿希贤说，你是没吭声可我一想起你讲的笑话就不由得发笑，说着又捂着肚子大声地笑了起来。这是我第一次见到乔羽，这位学界名流、词坛泰斗很像一位喜剧演员。他讲的笑话太逗人了。

在株洲开会的日子，乔羽先生发表了主旨演讲，来自全国各地的词曲作家发表了很好的意见。分析了歌词创作的现状及未来的发展，提出了新的见解。与会的这些人的

作者与乔羽（右）

名字彼此都很熟，但只是在报刊上或歌谱的右上角上见过。现在见到了本人都感到很兴奋，大会使大家成为好友。这次会议很有历史意义，它实现了全国词家的大联合，为成立中国音乐文学学会打下基础。

第二次见到乔羽是在中国音乐家协会召开的代表大会上，出席会议的词作家纷纷表达成立音乐文学学会的愿望，获得大会的认可。1985 年 5 月 14 日在京丰宾馆的藤萝架下召开会议，大家一致推举乔羽先生为会长，宣告中国音乐文学学会成立。我为此写了一篇文章《难忘的藤萝架会议》发表在江西的一家音乐刊物上。

把乔羽推为会长绝非偶然，他在中国歌词界享有盛誉，会长非他莫属。他的一生写了大量的歌词作品，成为一个时代的记忆。《我的祖国》《让我们荡起双桨》《牡丹之歌》

《人说山西好风光》《难忘今宵》《思念》《说聊斋》《夕阳红》《爱我中华》《祖国颂》等等。还写过电影文学剧本《红孩子》《刘三姐》。这不仅在老百姓当中耳熟能详，有的甚至成为中国外交上的用语。比如“朋友来了有好酒，若是豺狼来了迎接它的有猎枪”。周总理管他叫“乔老爷”。他对这个称谓十分接纳，他愿意人们这样称呼他。

乔羽先生不仅创作上成就卓著，他的为人也特别好，自从我们认识后，他一直把我当成好友看待。我也经常得到他的指导和帮助。我们交往的故事有很多。本着删繁就简的原则，先说说他为我写的几幅字吧。有一次在北京开会我请他写一幅字，他高兴地写了“火静而朗” 四个字。他说这是从《文心雕龙》的一篇文章中摘出来的。原文是“水停以鉴，火静而朗”。是说水在静止的情况下可以像镜子一样照见外面的景物，火苗在静止不动时火力最旺。他说你现在的歌词写作进入了炉火纯青时期，正在稳步前进，这是出好作品的时候。我感谢乔老爷的鼓励。在我儿子郑

乔羽赠作者的书法作品：火静而朗

火和儿媳王静结婚的时候我没有赠品，就把《火静而朗》的题字转赠给他们。正好一个名字有火一个名字有静，希望他们稳步前进，步入辉煌的中年。后来我儿子儿媳到北京还拜访了先生，先生给了他们许多鼓励并与之合影留念。十几年过去了，他们一家三口在老先生的关注下生活越来越好。

乔老爷送给的第二幅字是《天池令》：

一池深绿，雪岭掩映。万仞山中，至清。女儿心胸，夏无暑，冬无冰。不闻天子车驾，但凭小舟轻盈。才舍短棹上短亭。忽逢骤雨如绳。

右天池令书奉

火华同志

乔羽

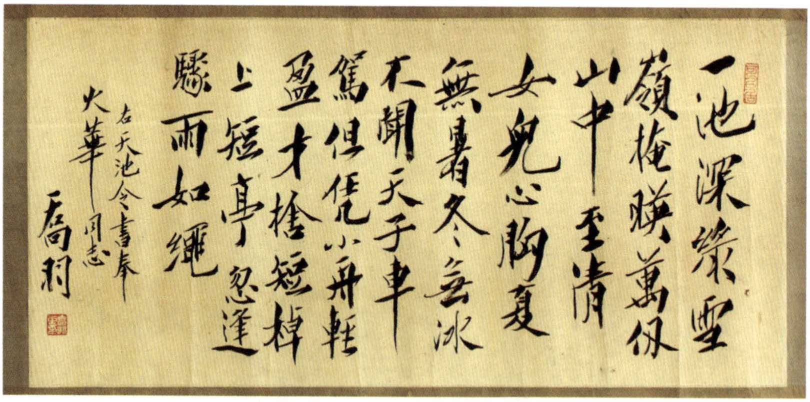

乔羽赠作者的书法作品：天池令

乔老爷送我的第三幅字是《火之光华》。挂在“文馆”中熠熠生辉。

乔羽给作者的题词

乔羽先生是中国歌词的高山之巅，他可以俯察中国歌词的来龙去脉，一路风景；也可以探索歌词发展去向，再现音乐文学的辉煌。他在歌词界的权威性是由他的经典作品所给予的，是人民大众所给予的，也是由无数词家的信赖所给予的。

世纪之初电视台记者采访乔羽先生请他谈谈对我的印象。他说，火华同志是我的朋友，也是我的词友。他是当代中国歌词重要作家之一。他在内蒙古的歌词重镇发挥作用。火华的歌词成就是我们大家共有的成就，都算是中国歌词的成就。实际上他是汉人，一个汉人写出来的歌变成内蒙古同胞最爱唱的歌。他的歌大部分是用蒙古语唱的。这是一件很不得了的事情，我希望我们的词友们在这方面都向火华同志学习，在你所在的地区把你的根扎得非常稳、非常深，像一棵大树那样根深才能叶茂，才能硕果累累。

乔羽先生的讲话在电视台播出已经过去很长一段时间了，但我仍然记忆犹新，乔羽这个名字值得让人们永远记住。

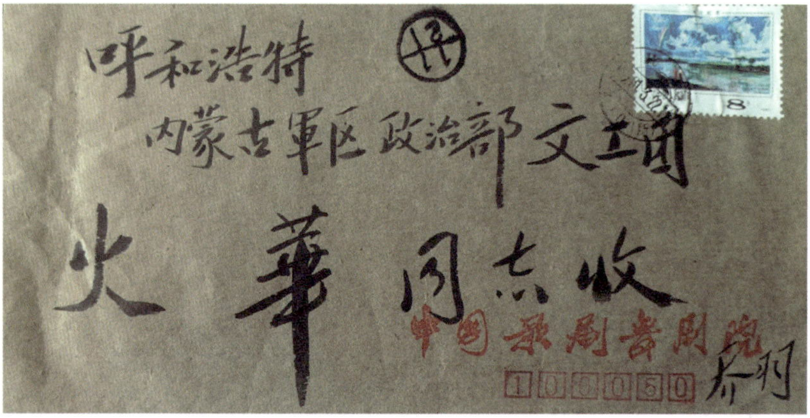

乔羽来信的信封

著名作曲家刘炽

1998年的春天，“火华文馆”在北京慕田峪长城风景区落成（2006年迁到怀柔城内）。开馆那天我在小广场等候贵宾的到来。一辆白色的轿车停下，先下车的是一位女演员，她是来唱我写的《风光独秀慕田峪》这首歌的。我走上前表示欢迎。随后下车的是著名作曲家刘炽老师。在我和他握手时，他说：“你要是欢迎她我就回去吧。”刘老师一句玩笑逗得大家哄堂大笑。我说：“您是重量级的艺术大师，是最受欢迎的人。”刘老师的一句玩笑话引起包括他夫人在内的女士们群起“批判”。“看来嫉妒不是女人的专利，某些小心眼儿的男人比女人更爱嫉妒。

作者与刘炽（左）

作者与刘炽（左）

嫉妒一词应该把女字旁去掉。”女士们叽叽喳喳地“批判”，反倒让刘老师很开心，他哈哈大笑起来。他是一个乐天派，见谁都爱开玩笑，他走到哪里就把笑声带到哪里。

我把刘老师请到贵宾室。这里已经坐满了前来参加活动的人们，有北京市人大常委会副主任范远谋和有关的市领导，有内蒙古人大常委会副主任贾才、政府主席助理易智峻、怀柔县四大班子负责人、专程来参加“火华文馆”开馆仪式的日本女书法家草和明。还有诸多新闻媒体的同志们。对于刘炽老师，只需要介绍出他是《我的祖国》《让我们荡起双桨》《英雄赞歌》的曲作者大家就知道他的份量了。人们纷纷让座，问他是哪股风把这个大人物给吹来的。他说是火风，是因为火华这股风把他吹来的。

这一天他亲自为文馆开馆剪彩，并仔仔细细地观看了全部展览。尔后又登上慕田峪长城眺望美景，他显得特别高兴。乐乐呵呵参加完活动的全过程。他对我寄以厚望，说了许多鼓励我的话。我理解刘老师的良苦用心，从心里感谢他。

随着我对他的接触越多越觉得对他了解的太少了。他的履历，他的作品，构成一个庞大的世界，这是一个何等丰富多彩的世界啊。

他出生在1921年，那是一个凄风苦雨的年代。他在9岁时就打扫佛堂并学习吹笙、吹笛，成了庙里的一名小演员。他生活很苦，但不忘学习。后来参加了红军，在剧社当小演员，演出特别出色，美国一位女记者称他为“少年天才”。在延安他师从冼星海学习作曲和指挥。这为他后来的发展打下了坚实的基础。中华人民共和国成立后他被调到中央戏剧学院歌剧团作曲并任艺委会委员。“文化大革命”后被调到中国煤矿文工团任团长兼艺委会主任。我与刘老师就是在煤矿文工团认识的。他为人豁达，见人总告诉人要乐观，每天要想高兴的事情。“好事都数不完为什么去想不高兴的事呢。我们的生活太幸福了。比我们小的时候不知好多少倍。”他在窗前种着花，室内放着音乐，营造一个特别美好的气氛。他是阳光心态，美好人生。

刘炽老师的一生成就非凡。他写过《翻身道情》《果园姐妹》，他是歌剧《白毛女》的作曲之一，他写过《崖畔上开花》《让我们荡起双桨》《我的祖国》《英雄赞歌》《蓝天和大地》《金色的小船》《新疆好》《祖国颂》。他创作了八十多部大型音乐作品和一千多首歌曲。我见到他时他已经七十多岁了，但仍保持着旺盛的活力，才思敏捷，爱开玩笑，机智过人。他说他的生活就是八个字：“没肝没肺能吃能睡。”

其实他的“能吃能睡” 很有名气。据说在延安时他就爱打呼噜。有一次毛主席来给他们大队讲课，他竟然在课堂上睡着了。呼噜越打越响，值日排长跑过去戳他的脑袋，想把他弄醒；毛主席说，别戳，这个小鬼肯定昨晚调皮没睡好觉，让他睡好了。

刘老师的故事像满架的葡萄一嘟噜一嘟噜的，听他讲自己，他也开心，我也开心。有这样一个老师感到很可爱，很有趣。闭上眼睛想他是一个伟大的艺术家，睁开眼睛看他是一个有趣的大男孩。他是普通人中的艺术大师，又是艺术大师中的普通人。现在刘炽老师已离我们而去，但他的作品一刻也没有离开过我们。他将艺术永留人间，也把欢乐永留人间。

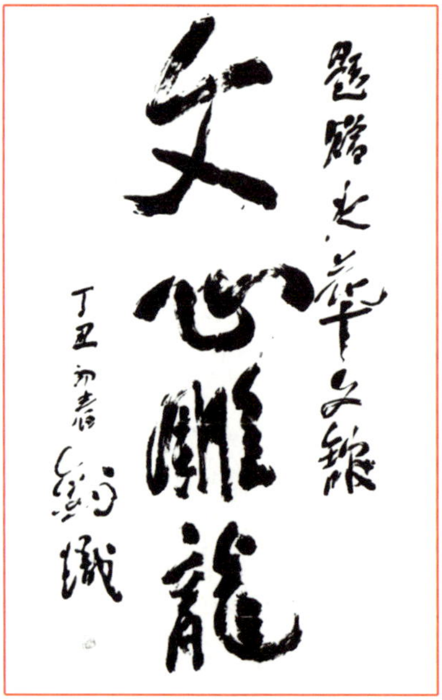

刘炽给作者的题词

《学习雷锋好榜样》的作曲者生茂

自从我写了《美丽的草原我的家》的歌词之后，有些同志在报刊上介绍我，这让我觉得心里很不安。其实和大师们比较起来，我自己是很渺小的。在我成长的道路上得到过许多人的教诲和鼓励，我永远都不会忘记他们。大作曲家生茂，写了许多优秀的作品。每当我听到《学习雷锋好榜样》《看见你们格外亲》《马儿呀你慢些走》这些歌曲总让我想起他。他是一位大师，也是一位可爱的兄长。不仅雷锋是我学习的榜样，生茂也是我学习的榜样。

生茂

生茂原名叫娄盛茂。1928 年 6 月出生于河北晋县。从小丧母，是姥姥把他拉扯大的。生活的艰辛，使他对劳苦大众的生活有很深的了解。也许正是因为这些，他经常被一些事情感动，遇到一些反映劳动人民饥苦生活为内容的作品他常常是潸然泪下，被同志们称为“爱哭的作曲家”。他 1945 年参军就一直生活在部队里，直到 2007 年去世，他都是一名军人。1950 年部队送他入中央音乐学院作曲系专修班学习，使他在作曲方面得到了长足的发展。后来调战友文工团任歌队队长、创作组长，写了许多脍炙人口的好作品，除前面提到的作品外还有大家耳熟能详的《真是乐死人》《老房东查铺》《祖国一片新面貌》《远方的书信乘风来》《走上练兵场》等。还有声乐组曲《长征组歌》（与唐诃、晨耕、遇秋合作）。出版有《生茂歌曲集》。

我与生茂认识是在粉碎“四人帮”之后。那时我刚到内蒙古军区文工团任创作组长，经常到北京军区去开创作会议，而生茂同志正好在北京军区战友文工团工作，所以能够经常见面。生茂同志个头不高有些“发福”。朴朴实实，是个“冷幽默”。有一次他讲了一个“四人帮”追查政治谣言的故事。给我留下很深的印象。说是追查谣言追到一个知识分子头上。上级派来的人问他：

“听说谣言是从你这里传出的？”

“是的。”

“你是听别人说的，还是自己造的？”

“听别人说的。”

“那个人叫什么？”

“不知道，他没说他是谁。”

“哪人长得什么样？”

“不知道，他说话时是背对着我们的。”

“他个子有多高？”

“不知道，他说话时是蹲着的。”

“他穿什么衣服？”

“他没有穿衣服。”

“他怎么可能没穿衣服呢？”

“在澡堂子里，大家都没穿衣服。”

这个故事逗得大家哄堂大笑，但生茂自己一点也不笑。

后来在和生茂同志接触中发现他是一个特别认真的人。同行们请他看作品他直言不讳地提出意见。从不拐弯抹角。他对自己作品的要求格外严格，大有一种“曲不惊人死不休”的感觉。难怪他有那么多好作品问世。他是做了超出常人的努力，才得到了超出常人的成功。

生茂同志经常下基层、到部队，深入边疆村寨采集民歌，搜集创作素材。由于他积淀深厚，博学多才，他的创作来得特别快。据说他的《马儿呀你慢些走》的旋律是他走在一座小山上想起来的。当时口袋里只有一个短短的铅笔头，没有纸就把香烟盒撕开，记录下这传之久远的旋律。也使歌唱家马玉涛从此有了属于自己的代表作，时至今日人们提起马玉涛就会在耳边响起《马儿呀你慢些走》的美妙歌声。

唱了近半个世纪的《学习雷锋好榜样》，是生茂用半个小时写出来的。他早晨在广播里听到毛主席为雷锋同志题词，下午就把写好的歌曲《学习雷锋好榜样》写在战友文工团的黑板上，召集大家前来学唱。

当然洪源同志的歌词也在这中间起了关键的作用。洪源当时也在战友文工团工作。他原名吴洪源，是位有影响的词作家。也是位高产作家。他后来写过《北京颂歌》《创业者之歌》等作品。当时生茂催得很急，他想起了“榜样”这个词，在学习雷锋的过程中应该时时刻刻把雷锋作为榜样。然后把向雷锋学习的几个方面写进了歌词。在很短的

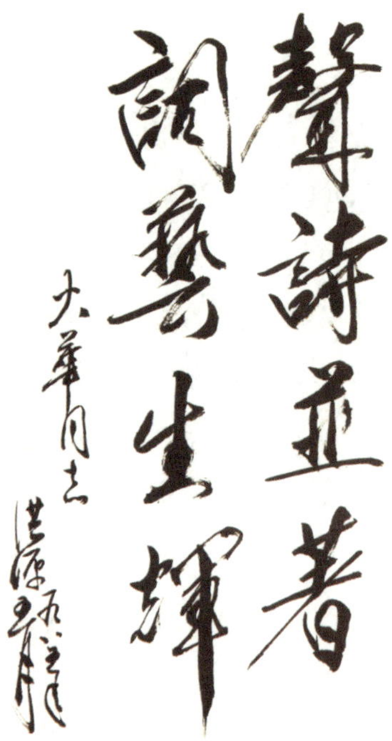

洪源给作者的题词

时间内把雷锋精神进行了高度的概括。歌词生动准确，曲子铿锵有力、节奏鲜明便于传唱。这首歌在学习雷锋热潮中不胫而走，唱红京城，唱红大江南北直至全国，成了一个时代的最强音，在我们这代人中几乎人人会唱。

1981 年 10 月，全国歌词创作座谈会在湖南株洲召开。这是全国词作家第一次大聚会。大约有一百二十多人出席大会，共商繁荣歌词创作大计。作曲家生茂也应邀参加了大会。朋友相见大家总爱与生茂开玩笑。有人说：“生茂同志你的作品影响太大了，就连我们村里的人都知道。有一次村里死了人，请来吹鼓手为死者送葬。前面的人抬着棺材走，后面的人吹唢呐，你猜吹的是什么调？”“吹的是什么？”生茂关切地问，“吹的是您的大作《真是乐死人》。”这句话引起了人们大笑。生茂很冷静，他说：“乐死总比哭死要好啊。我们生活需要乐，乐对身体有好处。以后死人都可以这么吹。”

20 世纪 80 年代初，我作词的《美丽的草原我的家》已经在全国有些影响。人们见到我总要问我是不是蒙古族。

我说我是汉族，出生在北京远郊区的山沟里。生茂对我这样回答非常不满意。他说：“火华说自己不是蒙古族是错误的。这是因为他对自己的身世不了解。我认为他就是蒙古族。”人们问生茂，“难道你比人家自己还了解得多吗？”“那当然。”生茂非常自信地打开了话匣子。他说：“你们想一想，一个民族的语言可以学，民族习惯也可以学，但民族情感不容易学，而他有蒙古民族的情感。北京是天子脚下，良田万顷，他家却住在深山老林里。这里面大有问题。据我的考察，火华的祖上在元朝是个大官，握有重权。可惜在他为官时已经到了元朝衰败时期。当明朝的大将徐达统兵百万逼近京城的时候，他的祖上仓惶出逃，不敢留在京城周围，怕被人辨认出来。逃进深山老林，在人迹罕至的地方住了下来。不敢说自己是蒙古族，为了掩人耳目，选择最能代表汉族姓氏的“郑”作为自己的姓。（火华姓郑，原名郑桂富）然后娶妻生子，过起老百姓的平安日子。又过了多少年火华出生了，他有机会到了内蒙古工作，与蒙古民族同志朝夕相处，使本来就有蒙古族血统的他与蒙古族的情感完全融合在一起。所以写出了代表蒙古族心声的作品《美丽的草原我的家》……”生茂俨然像一位历史学家，讲得头头是道，很多人都相信了他的话。从此，生茂版的“火华身世考” 在会上广为

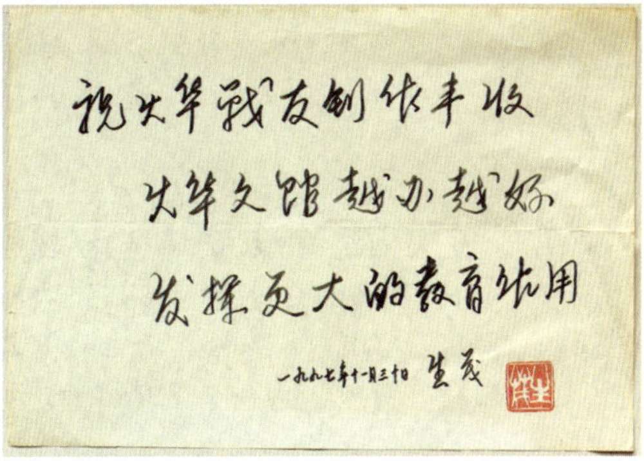

生茂给作者的题词

流传。我说话便没有人听了。人们都说“听生茂的。” 这成了会上的一个笑谈。

1998 年，在我的家乡北京市怀柔县建立“火华文馆”。在征集名家贺词贺信时，我的这位老哥生茂写来了热情洋溢的贺词。并将他的手稿《学习雷锋好榜样》交我收藏。时间过去了很久，当年大家在一起时的逸闻趣事变成了回忆，当年的手稿成了永久的纪念。

关于词作家洪源在这里没能展开介绍，他也是我的好友。现在把他的题字发表在这里，以示纪念。

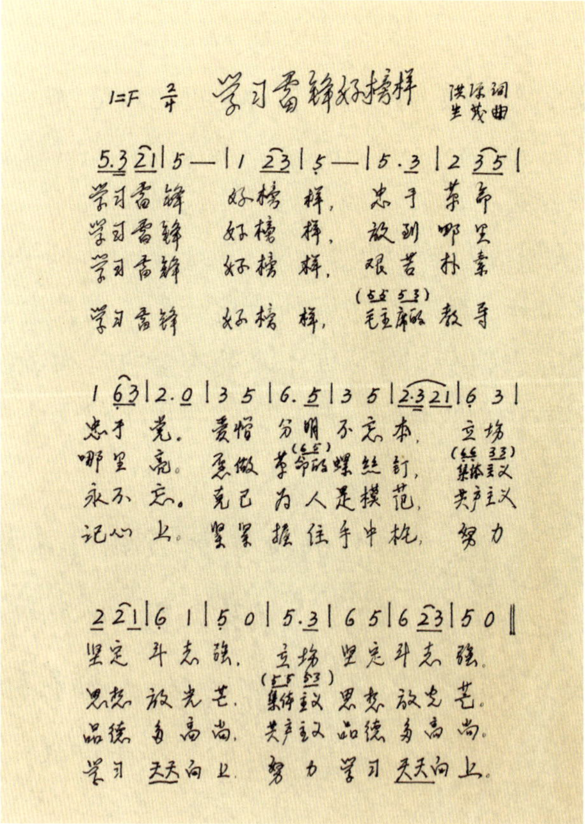

生茂《学习雷峰好榜样》手稿

高产作曲家吕远

记得20世纪70年代初，我们从内地来的一帮大学毕业生到呼和浩特脱下旧衣换上军装，成为中国人民解放军的一员。参加内蒙古生产建设兵团报社的筹建工作。我们的办公室正好对着大青山。大家不约而同地唱起“连绵的大青山大青山哟，我在山下放过牛羊……”

报社分成了几个组，人家那几个组都是些会生活的人，他们窗台上摆上几盆花，桌上放着热茶，窗明几净日子温馨，常有领导光顾。而我分到评论组，我们四个是只知道写文章不懂生活的人。连房间都很少收拾，桌子上除了书和稿件别无旁物。冷冷清清很少有人来。我们用唱歌来自嘲“没有阳光，没有茶香，花儿不开放。啊，评论组的办公室……”

作曲家吕远

前面唱的是歌曲《登上高高的兴安岭》中的两句，后面是套用《克垃玛依之歌》的旋律加上我们编的词而唱的。这两首歌的作者居然都是吕远。可见吕远与我们的生活息息相关。吕远是什么样的人，他在哪里我们全然不知，但他的作品却深深地印在我们脑海里。成了我们精神生活的一部分。

我和吕远相识是在十几年之后颁奖晚会的贵宾室里。《歌曲》编辑部的词作家陈晓光把我领进贵宾室，这里已经坐了不少人，有位戴大沿帽的人也在其中，我把他当成警察。我奇怪怎么警察也来领奖吗？晓光把我介绍给这位“大沿帽”。说这就是作曲家吕远。这让我很吃惊。我说真对不起我把你当成警察了。当时部队正在换装，海军比我们先发新军服。所以闹了误会。吕远比我年岁大，显得成熟稳重。他为人谦和很愿和我交流，很快我们熟悉起来。这次活动的主办方组织了词曲作家座谈会，不少大家在会上谈了创作体会。在此之后我们还参加了华北音乐节。在京丰宾馆召开的音乐家协会代表大会上，我们同属解放军代表团的成员。这让我有机会了解吕远。

吕远原名吕元凤，是东北丹东人。1929 年出生。他走上音乐之路纯属偶然。在他上小学二年级的时候，父亲的一个朋友送给他一支口琴，他对这支口琴爱不释手，很想学会，很想演奏出一支曲子来。就在学习口琴的过程中爱上了音乐，从此走上了音乐之路，竟然走出一条宽广的音乐创作之路，一条多姿多彩的辉煌之路。

说到他的成功，他说这一辈子他只相信两个字，那就是“志”和“勤”，一是要树立远大的志向，二是要勤奋努力去实现它。没有志向的勤奋是盲目的；没有勤奋的努力，志向是难以实现的。只有二者紧密地结合起来才能成功。他从很小就开始业余创作，但深感知识底子太差，后来到东北大学深造，毕业后调建筑文工团工作，之后又调到海政文工团搞专业作曲。为了学习音乐付出别人无法想象的努力，终于取了成功。他的一生写了一千多首歌曲，一百多部歌剧舞剧和影视音乐。大家耳熟能详的作品有《一个美丽的传说》《牡丹之歌》《泉水叮咚响》《我们的生活充满阳光》《我们的事业比蜜甜》《克拉玛依之歌》《走上这高高的兴安岭》。这里我没有写他得什么奖。因为这对于他来讲并不重要。俗话说“金杯银杯，不如老百姓的口碑”。老百姓天天唱他的作品，这就是对他的最高奖赏。

在我写这篇文章时很想找出一张和吕远的合影。但没有找到。后来在《中国文艺年鉴（1981 年）》上发现当时新华社发的一张照片。照片下注着：“词曲作家。左起吕远、

词、曲作家。左起：吕远、火华、王酩、乔羽

转自《中国文艺年鉴（1981 年）》

火华、王酩、乔羽”。还有吕远为我写的一幅书法作品“无边落木萧萧下，不尽长江滚滚来。火华同志留念 。吕远 。乙丑仲夏京丰宾馆。”可谓弥足珍贵。

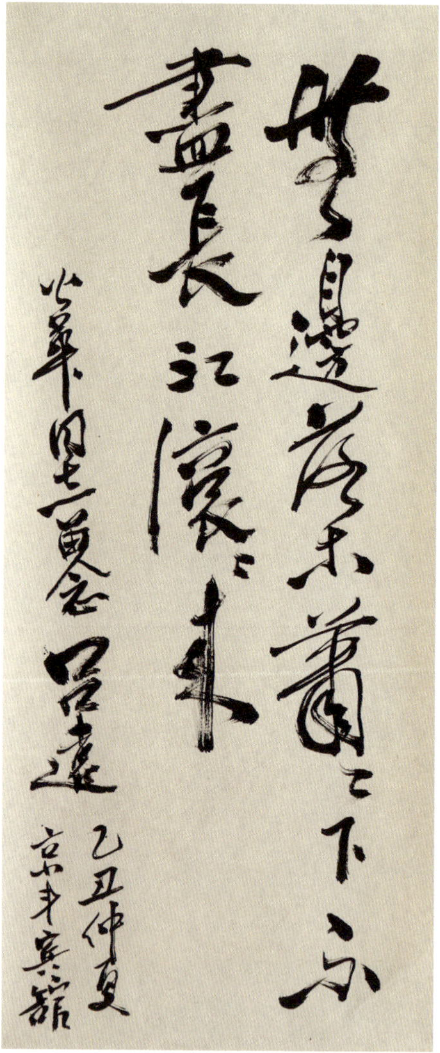

吕远给作者的题字

将军作曲家傅庚辰

记得有一次我到八一电影制片厂去拜访傅庚辰同志。人们把我领到一个很小的房间里，傅庚辰热情地迎接我。他听说我在内蒙古军区搞创作，很高兴地说："内蒙古军区驻在呼和浩特麻花板。我去过。当地蒙古族同胞非常热情好客，能歌善舞；那是搞创作的好地方。你在那里是可以搞出成绩的。"

在我们的谈话时，我环顾了一下周围。这间房里一张桌子一把椅子一张床。一把热水壶一个茶杯。此外还有一堆稿纸，别无他物。我说："你这里也太简单了。"他说："越简单越好，这样可以不受干扰静下心来写东西。"

我们接下来谈了音乐创作上的事情。我说："你的电影《闪闪的红星》的

付庚辰

插曲覆盖了祖国的城市乡村。随着电影的放映，人们都在唱《红星照我去战斗》《红星歌》《映山红》。整个国家弥漫在这优美的旋律之中，就连我牙牙学语的女儿也在唱，她是从小朋友那里学来的。唱得不得要领但大致的旋律是对的。有一次我听她在家里唱“一八一个哟盼天明，害都都哟盼春风。”我纠正了她的发音。告诉她歌词的本意是“夜半三更哟盼天明，寒冬腊月哟盼春风。” 并且跟她说有位伟大的伯伯写了这首好听的歌，让她一定要学会。她学得很好，很快就能奶声奶气地为我们唱《映山红》了。”

那天傅庚辰老师很高兴，特别健谈，让我能有更大空间来了解这位中国音乐界的巨匠。在这样简陋的房间不仅产生了许多中外知名的歌曲，也成就了傅庚辰伟大的音乐人生。

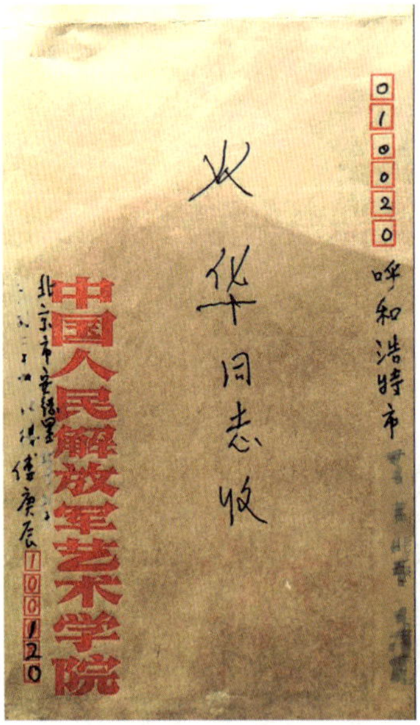

傅庚辰给作者来信的信封

傅庚辰 1935 年出生在黑龙江双城，1957 年毕业于沈阳音乐学院，成为志愿军歌舞团的创作员，后来调入八一电影制片厂担任作曲。先后为《雷锋》《打击侵略者》《地道战》《闪闪的红星》《走在战争前面》《挺进中原》等多部影片作曲。1983 年被中央军委任命为总政歌舞团副团长，后任团长。1989 年又调解放军艺术学院担任副院长，后任院长。1990 年授少将军衔。出版有《傅庚辰歌曲集》。曾任中国音乐家协会主席，全国政协常委等职务。

时间过得飞快，转眼到了 2007 年。内蒙古自治区成立 60 周年之际，内蒙古党委宣传部、内蒙古文联评选出 60 位获得文学艺术特别贡献奖的同志，在 2009 年举行领奖仪式，傅庚辰老师被请来参加颁奖活动。我的女儿郑华也成长为画家陪我去领奖。在会场与傅庚老师相遇，说起当年事，引来一阵欢笑。

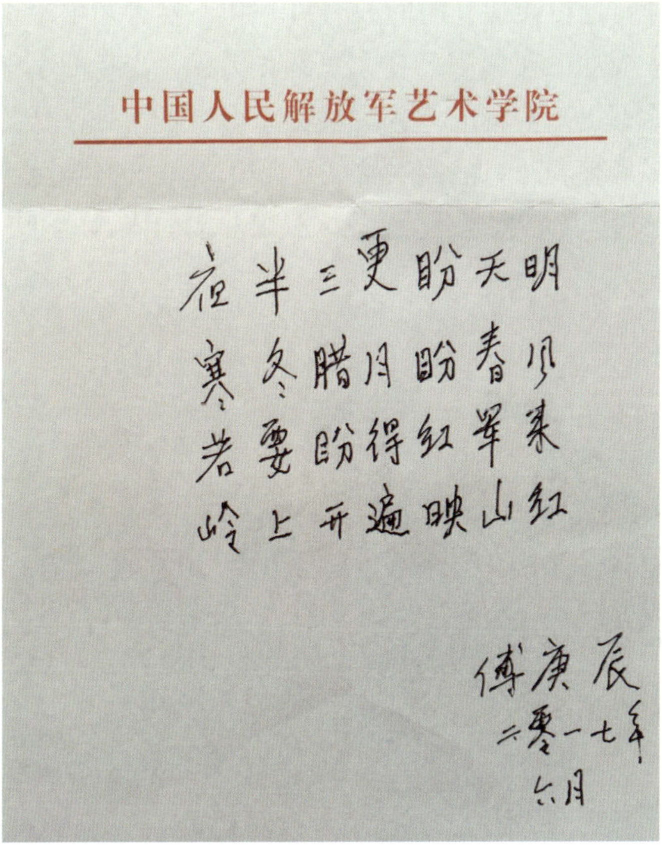
中国人民解放军艺术学院

夜半三更盼天明
寒冬腊月盼春风
若要盼得红军来
岭上开遍映山红

傅庚辰
二零一七年
六月

傅庚辰手稿

在我写这篇回忆性文章时，女儿看了觉得缺点东西。她说应该让傅伯伯把他的代表作手稿寄来一并发表。这才显得有真实感、亲切感。可是现在的傅伯伯已经是八十多岁的高龄，他能否做这件事很难预料。我把电话打到傅老师家里，他非常支持。他认为我做的这件事情非常重要。几天以后他寄来了《映山红》的手稿。字里行间感受到他的快乐。好像这是专为我女儿郑华写的。好像是说：小丫头看好了。伯伯已经把正确的歌词写在这里了，以后不许唱错了唔。

时间过得飞快，时间改变着一切，唯有艺术永恒。当年才华横溢的作曲家已在家里颐养天年。当年的小丫头已经是具有正高职称的内蒙古展览馆馆员了，是孩子的妈妈了。郑华有着三口之家。丈夫纪烁在内蒙古博物院工作，儿子纪郑烨是在校学生。全家人最喜欢唱的依然是《映山红》这首歌。

左起郑华、纪烁、纪郑烨

瑞雪纷飞送阎肃老师远行

——写于 2016 年 2 月 12 日

早晨得到阎肃老师去世的消息。这让我感到非常震惊。尽管我也知道他在前一段时间病重住院，但得到这个消息还是感到心头一阵疼痛。毕竟他和我相处多年，是我的良师益友，怕得到这个消息偏得到这个消息。内心的波动难以平息。

窗外纷纷扬扬地下起了大雪。天下真有这么巧的事情。《解放军进行曲》的词作者公木老师去世时下雪，阎肃老师去世时又下雪。真可谓巨星陨落，天地动容。雪花代表着清净、纯洁，也代表着大师清清白白的人格。满天飞舞的雪花护送老师上路，这是何等壮观的事情。愿老师一路走好，走向更加纯洁的仙境。

望着飞雪，我想了很多想了很远……思绪回到四十年前。好像也是个飘雪的日子，我第一次从《诗刊》上读到阎肃老师的作品《江姐》。《诗刊》本来是专门发表诗歌作品的刊物，怎么会发表剧本呢？读完我才知道，歌剧的歌词每一段都特别精彩，甚至比诗刊发表的诗还要精美。

作者与阎肃（左）

我对这期的《诗刊》爱不释手，恨不得全本背下来。后来，到了20世纪70年代，我出版了几本诗集，并开始了歌词创作。一天，我接到一封约稿信，让我把《江姐》改编成诗歌体连环画，因为时间紧，我和妻子一起忙了起来，也就在这时，我们再次领略到阎肃老师作品的诗意美。有些地方诗情画意，有的地方激情澎湃，有些地方力透纸背，有些地方荡气回肠。我和妻子金玉凤（笔名金风）的这次改编非常顺利。这本书于1979年由天津人民美术出版社出版。印数15万册。

真正与阎肃老师见面是20世纪80年代在北京的一个歌词创作座谈会上。他坐在一个角落里，从不张扬。我和他探讨《江姐》中的歌词的诗意美的问题。我提出歌词不是曲谱的附庸，它应该是独立的艺术品，与曲结合在一起是一首好歌，离开曲子也是一首好诗；阎肃老师非常同意我这个观点。他说了许多这方面的看法，并举出一些古今中外的例子来说明。他说了一会儿突然意识到自己说多了。他说：“你从边疆来应该你多说一说，结果让我说了这么多。我不应该参加‘戏协’我应该参加‘废协’才对。”我问什么叫“废协”，他说：“‘废协’就是‘废话协会’，我去那儿合适。”我说：“你说的不是废话，而是‘真知灼见’。”

阎肃老师是个非常幽默的人。他性格开朗，特别让人喜欢。

1999年，澳门回归，中央六部委开展了征歌活动，我作词、车若娟作曲的《澳门连着牧民的心》获奖。奖励的办法是在澳门回归期间随中央艺术团体赴澳门旅游一次。也就是在这次澳门之行我和阎肃老师再次见面了。我们同住在澳门东望洋山的皇都饭店。白天出去看景，晚上看演出，有很多见面的机会。一起来的词曲作家还有张千一、王晓岭、苏柳等，大家在一起特别开心。经常听阎老爷子讲故事。“阎老爷子”从来没有架子，和大家打成一片。每天都嘻嘻哈哈笑在一起。有时他问我对他有何印象，我说就是“阎肃有点不严肃。”他说：“我不严肃也是有名的。有一次相声演员牛群到我家去拍摄影作品，让我小孙子哭起来，再让我把孙子逗笑。结果我使尽了招数孙子就是不买账，越哭越厉害。”叫阎肃的不严肃，不该严肃的很严肃。这就形成一个强烈的反差。分手的时候他给我写了他的通信地址，让我跟他保持联系。现在看来这也成了纪念品。因为他是在我们下榻的特定皇都饭店的信封上写的。特定的时间是澳门回归的日子，特定的人物是阎肃先生的亲笔。不知是当时他有意而为还是我事后想的。总之很有意思。

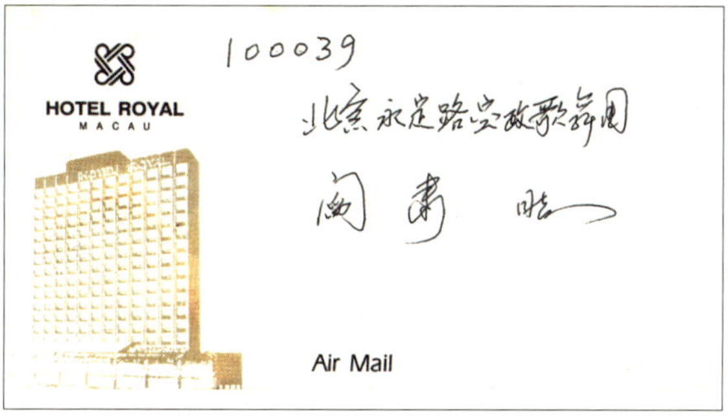

阎肃同志亲笔留下的通讯地址

有一次，阎肃老师接受电视台的采访，让他谈谈火华。

他对着镜头说："以草原为家的歌词作家我认识几个，但让我最佩服的还是火华同志，多少年来他把他的青春，他全部的爱都献给了草原。"阎肃老师试着把我的歌词的题目连起来写成一首短诗，以表达对我歌词成就的祝贺。这首短诗是：

《青春染绿浩瀚的沙漠》，
《金色的骆驼》走天涯。
《牧人的胸怀》里有说不完的话，
因为《美丽的草原我的家》。
《请喝一碗马奶酒》啊，
《草原情深》是火华。

这段视频从电视台播出后，反映极其强烈。

阎肃老师是一个非常勤奋的人，他的一生写了许多作品，除了《江姐》之外，他还写过歌剧《党的女儿》《特区回旋曲》、京剧《红灯照》。他写过上千首歌词作品，《我爱祖国的蓝天》《军营男子汉》《故乡是北京》《北京的桥》《长城长》《雾里看花》《大碗茶》《敢问路在何方》《唱京剧脸谱》等等都是脍炙人口的好词。阎肃老师离开了我们，但他的作品永远留在人间，永远陪伴着我们，我们时时刻刻都能分享他的艺术，感受他的存在，他是不朽的。

阎肃老师的一生是奉献的一生，是辉煌的一生。杜甫的"两个黄鹂"从唐朝鸣叫到现在，阎肃老师的一树"红梅"也一定能从现在开到未来。

女作曲家雷蕾

风光如画九渡河，
九渡河水荡清波。
杏花台上花如海，
凤凰坨前百鸟歌。
……

这是我给北京怀柔区九渡河镇写的一首歌词．正是这首歌词把我和作曲家雷蕾联系在了一起。

作者与雷蕾（右）

记得有一年夏天，九渡河镇党委书记夏占利找到我，要我为他们镇写一首歌，并请我去参观。一天参观下来，我特有感触，真没有想到离北京这么近的一个镇，生态保护得这样好。青山绿水、古老的长城、树木葱茏、栗花飘香。实在是美不胜收。

歌词很快就写出来了。歌词出来之后，由谁来作曲呢？怀柔区委书记王海平建议由雷蕾作曲为好。于是我就与雷蕾通话，她完全同意，要求近期到九渡河去看一看，然后再作曲。

作者为九渡河写的歌词《风光如画九渡河》

雷蕾和她丈夫、词作家易茗来到九渡河大为吃惊，她说整天要到外地去旅游，竟然不知道离北京不到一个小时车程的地方风景如此之美，不来实在是太可惜了。当晚我们住在九渡河镇的航天培训中心，那时正值杨利伟乘神舟飞船顺利返回地面的时候，培训中心送给我们每个人一个神舟五号模型，这让雷蕾爱不释手，问了许多航天方面的事情。

右起：夏占利、沈玉玲、雷蕾、易茗

培训中心要我们写字，因为这几个人中只有我练过书法，于是当晚写了许多字。很热闹，很尽兴。安排睡觉的地方是躺在床上能看到满天星斗的房间。别有一番情趣。

第二天我们在鸟的叫声中醒来，开窗一看，我们原来住在一个较高的山坡上，满坡花草满坡树林。原来我们是在大自然的怀抱中入睡的。

这一天安排参观“水长城”。本来，长城都是在高山峻岭上建造的，而这里却是“长城三入水”。好像一条巨龙渴了到这里低下头来三次喝水。我们还参观了明朝留下的板栗园，有的古树中心已经腐烂了，一棵大树分成三四瓣弯到了地上，又从地上再向上升起，枝繁叶茂，花香四溢，真是奇迹。从明朝到现在，年年开花，年年结果。雷蕾和她丈夫易茗赞叹不已。

这一天过得很快乐，书记夏占利也让他爱人沈玉玲来陪雷蕾，两个女同志很快熟悉起来，沈玉玲穿一件红色的上衣，雷蕾穿一件黄色的上衣，她俩在一起照相时大家都说她们是“西红柿炒鸡蛋”组合。本来雷蕾还想再住两天，但是中国音乐著作权协会要开会，雷蕾是这个协会的常委，所以她必须赶回去。只好依依不舍地与大家分手。

在以后的日子里，九渡河镇广播站几乎每天都在播出《风

“西红柿炒鸡蛋”组合

光如画九渡河》这首歌。几乎全镇的干部的手机铃声也改为这首歌。在九渡河的人民群众中对雷蕾多了几分敬重，多了几分熟悉和亲近。

因为这首歌是给一个乡镇写的，受地域的限制，不可能传播很远。但雷蕾的作品是上乘的，她是产生大作品的名家。她在1996年被评为全国十大作曲家之一。她是中国音乐家协会会员，国家一级作曲，曾获中国文联授予的“德艺双馨中青年艺术家”称号，她是全国政协常委，民盟中央常委。

她写的《重整河山待后生》唱红大江南北，《少年壮志不言愁》唱响长城内外。她与丈夫易茗合作的《好人一生平安》那更是人们耳熟能详广为传唱的作品。雷蕾出身于音乐世家，父亲雷振邦是著名作曲家，由他作曲的《五朵金花》《刘三姐》《冰山上的来客》《芦笙恋歌》等作品为全国人民所熟知。这些优美的旋律飘在城市乡村，飘荡在边陲山寨。

雷蕾在父亲的培养下，在自己的艰苦努力中正在一步步走向辉煌，愿她取得更大的成就。

今日南窗说往事，莫忘当年九渡河。

《草原上升起不落的太阳》的作者美丽其格

《草原上升起不落的太阳》这首歌是在我上初中时就火起来的。我当时在河北省赤城中学上学。学校没有什么娱乐活动，只有上音乐课时老师唱歌时和每年一度的新年晚会可以活跃一下。这首歌我是在那时学会的。当时我还没有变声，我唱的高音比女同学的高音还要高："蓝蓝的天上白云飘，白云下面马儿跑。" 在班里我因声音最高而骄傲。但是万万没有想到我是男生是要变声的。没骄傲多久就跨下来。经过一段艰难的变声过程之后，我再唱歌的时候，我的发音成了男声。当了爷们儿的代价就是失去了高音。不管是高音还是低音这首歌一直在唱着。这首歌好学好唱，音域不宽，男声唱也是很好听的。我爱这首歌，也爱这首歌创造的美好意境。它成了我生活的一部分，也从心里羡

美丽其格同志

慕这首歌的作者。心想能写出这样一首歌，是多么了不起的事情。

我们大学毕业以后到部队接受再教育。在再教育快结束的时候，上级领导找我谈话，说让我到北京军区内蒙古生产建设兵团工作，在兵团报社当编辑。问我愿意不愿意，我高兴地一口答应了下来，一定要去。当时有不少好心的同学劝我冷静考虑一下，不要太冲动。我用歌声来回答他们。我说谢大家的关心。我去意已决。让我去吧，也许将来我也能写出这样的作品来，献给大家。我来到建设兵团是自觉自愿的。尽管当时困难有很多，但我还是从内心里爱这种生活的。

记得有一次，内蒙古文化局举办歌曲创作学习班。我因为写诗有一定名气也请我参加了。我去报到时。负责人把一位中年人介绍给我。“这就是‘老美’。是《草原上升起不落的太阳》的作者。”又把我介绍给他“这是兵团写诗的火华同志。”这位久已想见的美丽其格尽然如此朴实。叫“老美”不好意思，我在后边加上老师二字。后来就和这位“老美老师”经常在一起学习、改稿，成了忘年交的朋友。

“文化大革命”期间是很左的。本来这首很好的歌硬要改词，把“白云飘”改成“红云飘”，把“百鸟齐飞翔”改成“战歌更嘹亮”，把“这是我的家乡”，改成“这是祖国的边疆” 等等。后来有人发现毛主席诗词中有“九嶷山下白云飞” 的句子。说明“白云”是可以写的，又给这首歌恢复了“白云飘”。老美老师默默地承受了一切。直到粉碎“四人帮”之后才又唱原来的歌词。患然经历了艰苦的岁月，但他斗志非常旺盛，从来没有停止过创作。他一生创作歌曲六百余首，还为《草原烽火》《达那拉》《莉玛》《多松年》等十多部歌剧写过音乐。他是国家一级作曲，在内蒙古歌剧团担任过乐队队长、创编室主任、副团长、艺术顾问等职务。他被评论家尊为当代蒙古族音乐创作的奠基人和开拓者。他的《草原上升起不落的太阳》被列入20 世纪华人音乐经典。

在 2002 年美丽其格先生年事已高，我向我尊崇的老美老师提出要他的手稿。我也把自己的书法作品送给了他。虽然他写起来有一定困难，但还是满足了我的要求。所以现在才有了这个手稿展示给大家。透过老人的字迹让我们感受到几分温暖、几分亲切。

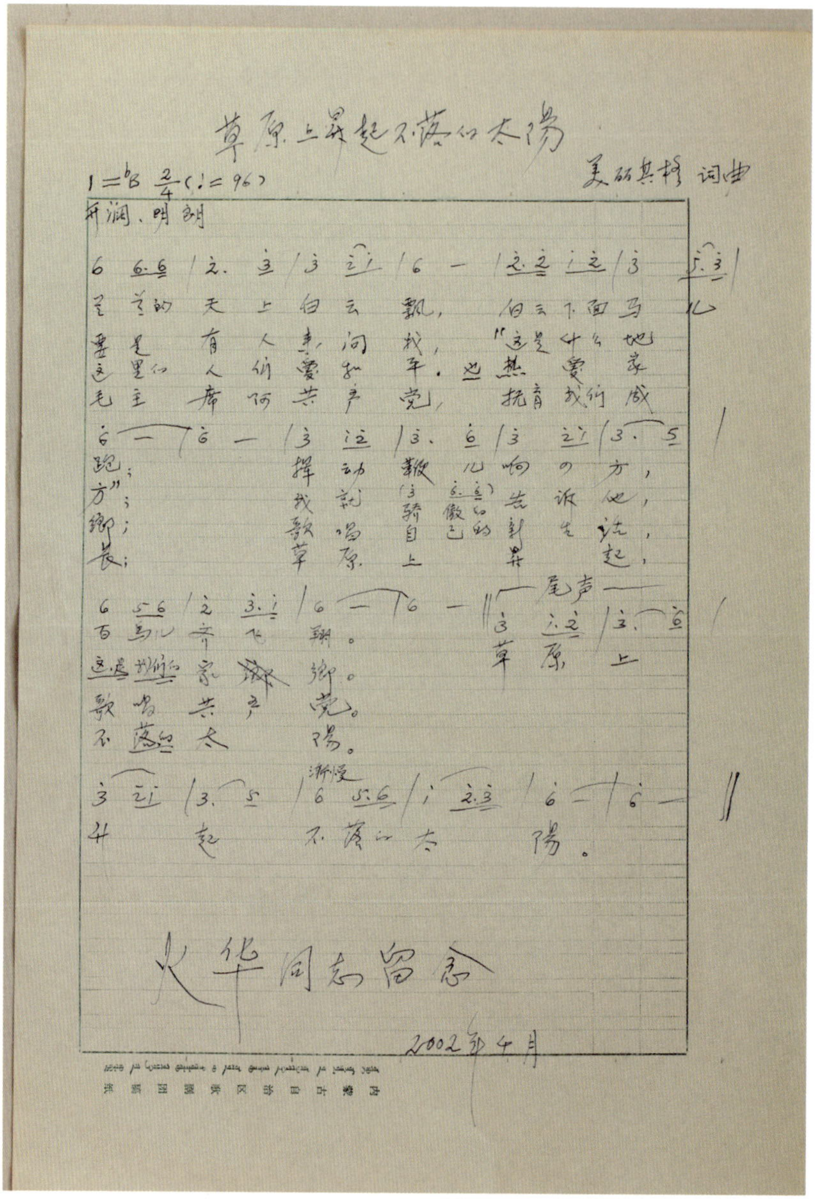

美丽其格赠予作者的手稿《草原上升起不落的太阳》

怀念好友阿拉腾奥勒

有位叫丁立冬的记者告诉我，说阿拉腾奥勒去世了。我感到非常震惊，简直不敢相信自己的耳朵。第一个反应是“不可能”。怎么可能是这样呢？就在前几天我们还在一起相聚。有个画家布尔固德从北京回来，他是阿拉腾奥勒小学的同学。在欢迎他的午宴上我与老阿见面互相问候开着玩笑。有几个年轻人要和我们照相。老阿很有风格，他说：“老火，咱俩站两边，让年轻人站中间，咱们陪他们照。”我和老阿配合了大半辈子这次我当然同意他的意见。年轻人站在我们中间，一个个笑得合不拢嘴，照完和我们热情握手表达感谢之意。老阿也十分高兴。他笑容灿烂气色很好。怎么可能这次欢聚竟然是我们最后一次见面呢？怎么可能这次照出的竟然是老阿的“遗像”呢？我当即拿起手机拨通了老阿的手机。接电话的是老阿的夫人张素者。她沉痛地告诉我“老阿真的走了。”这是一个不得不接受的事实。这个与我合作三十多年的老伙伴竟然如此突然地离我们而去，没来得及留下告别话语与嘱托。我陷入深深的痛苦之中。

我们相识是在20世纪70年代。那时我就知道他是一个事业型的人。好像他是为音乐而生的。什么时候见到他都在认真地学习，勤奋地创作。他的一生写过近千首作品。他不仅写歌曲，还写器乐曲。为电影、电视剧、广播剧写音乐。《敬祝毛主席万寿无疆》《美丽的草原我的家》是他最有影响力的两首歌曲。前者在20世纪60年代唱遍全国，成为一个时代的印记。后者在1980年被联合国教科文组织选入国际音乐教材，编入《亚太歌曲集》中。他创作的器乐曲有《乌力格尔主题随想曲》《草原音诗》《沙漠的春天》《交响序曲》《第一交响曲》等。他的一生是勤奋创作的一生，也是硕果累累的一生。他所做的贡献很难在一篇文章中概括出来。他是中国音乐家协会理事，是内蒙古音乐家协会名誉主席，是国务院特殊津贴获得者。退休之前他一直是内蒙古政协委员。他的名字阿拉腾奥勒是蒙古语“金山”的意思。他在蒙古族音乐史上是一座高峰，是巍然高耸的“金色圣山”。他创造了不朽的作品，也创造了他不朽的人生。他是一位大师，他是一位巨匠。

老阿去世后，我和德德玛相邀一同去他家看望他的亲属。他家在山丹小区一栋楼房的三楼。因为没有电梯，德德玛腿脚不方便，但硬是一步一步艰难地走到他家。我们在他夫人的陪同下在老阿的遗像前上香祷告。这是《美丽的草原我的家》相关的三个人（词作者、曲作者、演唱者）又一次相聚。然而我们熟悉的老阿被放在黑边镜框里。老阿从镜框里看我们，我们从镜框外看他，六眼相对，只能我们对他说话，他再也不能和我们说话了。悲哀啊悲哀，不可名状的悲哀。我在遗像前伫立思考。那缭绕的香烟把我的思绪拉回到从前。我想起我们在一起的往事……

我们认识是从彼此欣赏开始的。20 世纪 70 年代一个偶然的机会我们见了面。他是一位英俊的蒙古族小伙。他写的《敬祝毛主席万寿无疆》我在上大学时就唱过。当时正值“文化大革命”期间，各单位都要学跳忠字舞。每天都在播放这首歌，人们在他的歌声中跳舞，表达对毛主席的

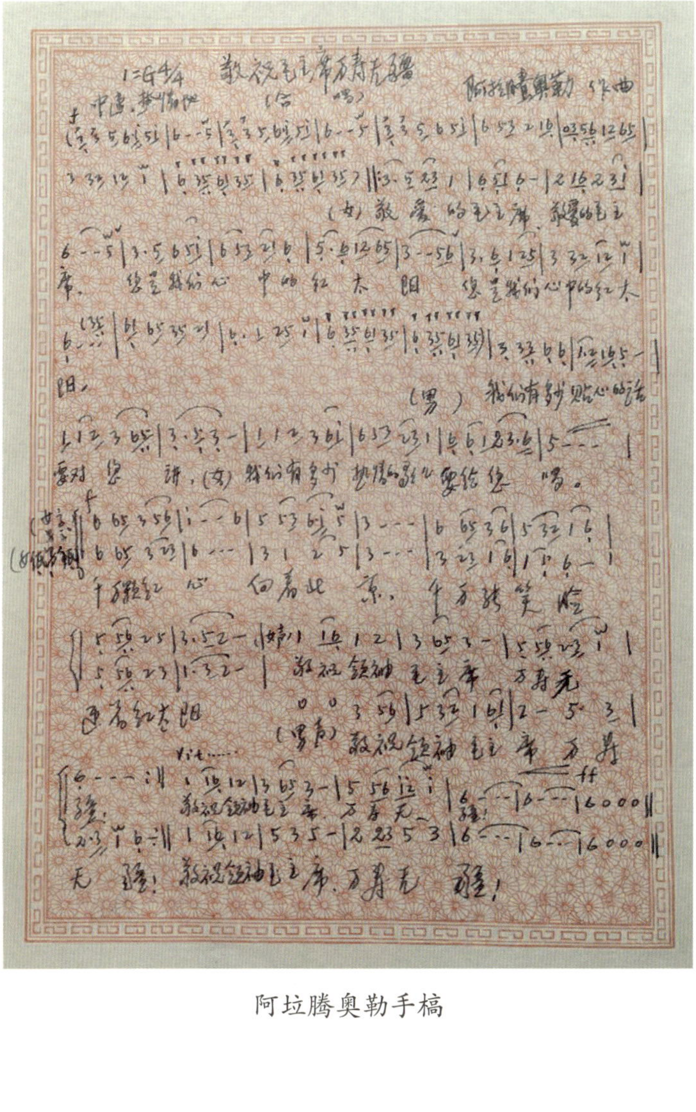

阿垃腾奥勒手稿

作者当年与阿拉腾奥勒（右）商讨作品

爱戴之情。第一次见老阿我从他那聪慧的眼神里感受到他的灵气。他也很欣赏我的歌词，欣赏我歌词中的诗情画意和浓郁的生活气息。当时我已经在人民文学出版社出版了我和旭宇等合作的诗集。那本诗集在当时社会上没有书看的情况下，发行数量非常之大，造成了广泛的社会影响。写诗的人爱诗的人几乎都知道诗坛出现了两个新人旭宇与火华。正因为有这样的基础，我们一旦合作就合作了三十多年。

我们第一个合作的就是《美丽的草原我的家》。他拿到我的歌词很高兴，他感到草原就是这样美好，歌词把内蒙古人的自豪感写得淋漓尽致。在他的脑海里很快就产生了曲调。但当时他没有告诉我，那时他正在上海音乐学院进修，他拿到学院进行修改并在上海发表出来。 有人看见后告诉我，我很吃惊，没想到这么快就在上海发表了。后来他又把这首歌交给德德玛演唱，德德玛在建国 30 周年的全国文艺调演中演唱了这支歌引起了轰动。获得文化部颁发的创作奖和表演奖。中央人民广播电台将歌词翻译成 24 种语言向世界进行介绍。1980 年《歌曲》杂志评奖时再次获奖 。中央六部委还把这首歌列为向全国人民推荐的十二首歌曲之一。同年 10 月，联合国教科文组织在日本东京举行的教材评审会上将这首作品选入教材，编入《亚太歌曲集》中。此后这首歌便在世界各地广为传唱。

我与德德玛认识也是阿拉腾奥勒介绍的。德德玛在北京获奖之后，想在声乐上再发展一下，准备搞一个独唱音乐会，需要一批新作品来支撑。德德玛想请我吃饭，让老阿通知我。当时谁家也没有电话，老阿骑自行车来到我家。正巧星期天我上街了，老阿又骑车到大街上去找我。转了几圈也没找到又返回我家。这时正好我也回到家里。他就领着我到了德德玛家。当时住的地方都特别小，德德玛借了团部的一间办公室请客。除炒菜之外还开了几个罐头，这在当时已经算是很丰盛的了。记得德德玛家乡的一个县委书记也一起参加了午宴。

此后一段时间是我和老阿最忙的日子，也是最有意义的日子。现在想起来那是我们创作的黄金时段。为了赶写音乐会的节目，我们不分昼夜地工作。而写出的作品也格外好，充满激情与活力。当时写的《请喝一碗马奶酒》在全国农业歌曲评选中入选。不仅在内蒙古也在中央电台、电视台播放，成为一个时期广为传唱的作品。我们合作的《道尔吉，你为什么不高兴》是“文化大革命”后第一首写爱情的歌曲，德德玛演唱后效果很好。一些国家级院团的演员到内蒙古演出时也学唱这首歌。《草原像大海一样宽阔》《狮子大王选歌手》《草原姑娘爱上科研迷》等等都在当时产生了广泛的影响。还有一首草原摇篮曲《睡吧，赛音呼罕》，是我和老阿共同商定的题目，我写完歌词后再也没有管它。有一天我在德德玛家里听她一边弹钢琴一边给我唱这首歌，我觉得真是美极了。如果孩子能听到这样的歌声睡去，那是无比幸福的事了。这首歌曲后来改编成无伴奏合唱赴台湾演出，受到热烈欢迎。我儿子郑火在内蒙古电台听了在台湾演出的实况录音后回来对我说：“写出这样的好作品，一生过得都值了。”这是我第一次从自己的孩子嘴里听到这样的话。老阿与我合作的作品当然还有很多。1985 年他出版了一本《阿拉腾奥勒作曲歌曲选》。在不厚的一本书中就有 27 首歌词是我写的。

我与老阿的合作是心灵的碰撞与沟通。我的想法与他的思维经常是不谋而合。这可能就是心有灵犀一点通吧。在我们有了座机电话之后，我把歌词用电话传过去，过不了多久他就把曲子写出来又在电话里唱给我听。因为词曲配合水乳交融，电话里听完他的歌，我俩都高兴地笑起来。我和老阿既是合作者又是好朋友。改革开放初期他出国去日本，在经费很困难的情况下还给我买回一个纸灯笼作为纪念。当时居住条件差，洗澡有困难，老阿星期日常去我那里，我领他到军区澡堂子洗澡。他搓澡的技术很高。我跟他说：“根据你的水平以后可以专业搓澡，业余作曲。”逗得周围的人哄堂大笑。那个年代谁家有个录音机都被认为是高档消费品了。有一次我家买了录音机，我们两个人关在屋里唱了一个上午的歌。有时是按谱子唱，有时是扯着嗓子瞎唱，老阿唱完后自己报幕：“刚才是由著名男高音歌唱家阿拉腾奥勒为大家演唱的，请鼓掌……”我给这次活动写了一副对联：“东倒西歪胡乱唱，南腔北调也成歌。”这盘“胡闹”的录音带我一直保留着，每次放出来都觉得好笑。最近怎么也找不到了，可能是几次搬家，不知放在哪里了。等以后找出来让孩子们听听，从一个侧面感受我们年轻时那段生活。我们很艰苦，但也很快乐。

作者题字祝贺阿拉腾奥勒作品音乐会的召开

当我回到现实中来的时候，事实像铁一样沉重。无情的事实压在心头。无论如何老阿的离去已无可挽回。8月16日的遗体告别仪式许多好友都来参加了。灵堂有我为他写的一副挽联："盖世才华大作煌煌人共仰，一生奋斗乐坛巍巍起高峰。"我和德德玛向这位老朋友告别，最后送老阿一程。看到老阿安详地躺在那里，神态自然和蔼可亲的样子，好像刚刚睡去。老阿，一路走好，也许天堂等待着你敏捷的才思，天堂等着你笔下流出优美的旋律。我们相信，有你，天堂不会寂寞……

著名词作家晓光

金杯银杯斟满酒
双手举过头。
炒米奶茶手扒肉，
今天喝个够。
朋友啊朋友请你尝尝，
这酒醇正这酒绵厚，
让我们肝胆相照
共度春秋……

在内蒙古几乎人人会唱的这首《酒歌》，已经流传很久。人们把它当成了自己生活的一部分，几乎天天都离不开。我总以为这是内蒙古人写的作品，万万没有想到它竟然是两个北京的同志写的。词作者晓光、曲作者魏群。这大大出乎人们的预料。直到后来我有机会见到作者才弄清真相。原来，中央电视台有个“九州方园” 节目，有一期反映蒙古族生活的场景需要配一首歌。导演找在《歌曲》编辑部工作的晓光和在总政军乐团工作的魏群约稿，于是这首歌

作者与晓光（左）

就这样诞生了。万万没想到这首歌竟然火爆起来，在内蒙古传唱至今。久唱不衰。

我见到晓光是在 20 世纪 70 年代末一个冬天的傍晚，作曲家阿拉腾奥勒和内蒙古广播电台音乐组组长张明把一位英俊的小伙子领到我家。向我介绍说这是《歌曲》编辑部来内蒙古组稿的陈晓光同志。我很高兴和他攀谈起来。他的意见是一些概念化的歌词去掉一些可能更好，我完全同意他的意见。第二天我把改好的稿子给他看，他很满意。我记得那天晚上在我家的小平房里请晓光吃晚饭。饭菜极其简单，只是增加一盘炒鸡蛋，喝点二锅头。因为都是年轻人说说笑笑很尽兴。我也没有想到多少年后此人成了大词家，成了中国音乐文学学会的主席，中国文联副主席，中国文化部副部长。

晓光这个人为人厚道忠恳。他有了成就，当了大官，对这些词友们依然很友好，永远不忘布衣之交。有需要帮助的他都尽可能给予帮助。本来见到他应该叫声陈部长，但词友们依然直呼“晓光”，他也欣然答应。这事让我很感动。有一次他在接受电视采访谈到我时说了许多鼓励的话。并祝愿我的艺术之树永远长青。

晓光的进步是惊人的，他在歌词界的贡献是巨大的。他创作了近千首歌词和诗歌，出版了《黄河上的太阳——晓光词作歌曲选集》《晓光歌诗选集》、歌词集《心归何处》、文论集《文化是源远流长的河——晓光艺术说言录》。主要作品有《在希望的田野上》《那就是我》《在中国大地上》《光荣与梦想》《乡音·乡情》《你会爱上它》《采蘑菇的小姑娘》《赤诚的中华魂》《把心交给祖国》《我像雪花天上来》《把心献给远方》《江山》。有近百首在全国性的评奖中获奖，有的被选入高等音乐学院教材及中小学语文、音乐课本。《那就是我》《在希望的田野上》被选入联合国教科文组织亚太地区音乐教材、选入世纪华人音乐经典。《光荣属于亚细亚》被亚洲奥林匹克理事会定为亚奥理事会永久性会歌。

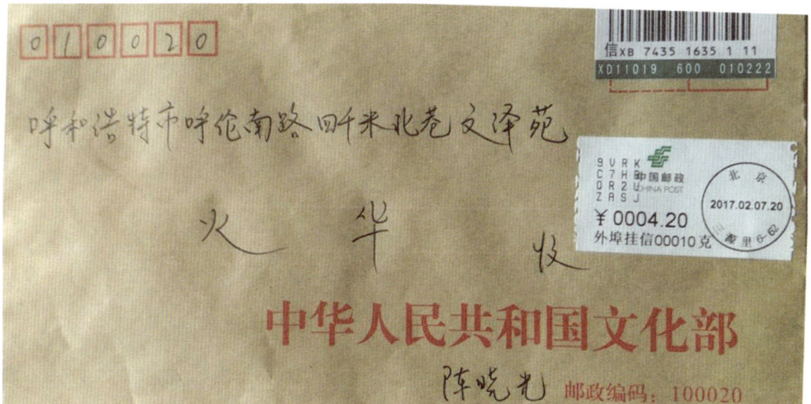

晓光来信的信封

晓光词作优美，画意诗情。为人们树立楷摸。他还致力于歌词事业的发展。他协助乔羽经过艰苦的努力成立了中国音乐文学学会，至今已三十多年，推动歌词事业的发展。他的努力会在实践中显现出来的，我们相信有这样的领导者，中国音乐文学事业一定会蒸蒸日上，大展宏图。

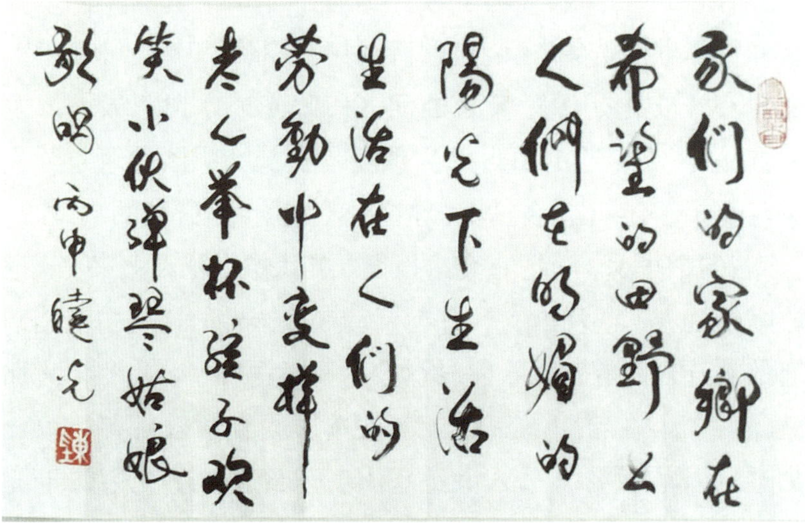

晓光的手稿

著名作曲家唐诃

在我认识的作曲家中唐诃的讲话特别好听。因为他说的是音乐方面的事情，总要举例来说明自己的观点，所以他必须哼出个调调来别人才好理解，这样一来他的讲话有一半是用歌声来进行表达的，听他的话不仅能学到知识还能享受到好听的歌儿。我想人们平时不爱开会，主要是报告太枯燥了。如果能像唐诃那样讲话，就不会有那么多人逃会了。

唐诃又是很低调的人，他从不张扬，很少讲话。为人谦虚谨慎。特别好合作。我记得我们俩人一起为山西刊授大学写过校歌，是以书信形式合作的。可惜现在无法找到当初的稿件，也忘记发表在什么刊物上了。在工作中他是一个可爱的老大哥。

作曲家唐诃

唐诃是一位经过艰苦磨炼终成大器的作曲家。他的原名叫张化愚。1922 年出生在河北易县。1938 年参加八路军。热爱音乐。担任过部队指导员、宣传干事。后调北京军区战友文工团任创作组长、歌舞队长、总团副团长等职务。六十余年创作歌曲两千余首，创作《锦上添花》等九部电影音乐。创作歌剧《告别》、电视剧《蔺相如》等音乐35部，创作出为大家所熟悉的歌曲有《在村外小河旁》《众手浇开幸福花》《老房东查铺》《我们的生活充满阳光》《我们的明天比蜜甜》《牡丹之歌》等等。他为毛主席诗词《沁园春·雪》谱曲。他也是《长征组歌》的作曲之一。1955年获中央军委颁发的三级独立勋章、三级解放勋章。中国文联授予他“金钟奖”终身荣誉勋章。

唐诃还是一位书法家，他从小学习书法，音乐上的辉煌掩盖了这一亮点，为很多人所不知道。他的书法曾在国内及日本参展获奖。收入《当代名人名家书画集》《中国百名艺术家书画集》中。我请他为我写字。他写了王翰的《凉州曲》，并用工尺谱标出曲调。这是我的书法收藏中唯一的一幅标有工尺谱的作品 。

王翰 凉州曲

葡萄美酒夜光杯
欲饮琵琶马上催
醉卧沙场君莫笑
古来征战几人回

录古曲一首抄赠火华同志
唐诃 书于乙丑年

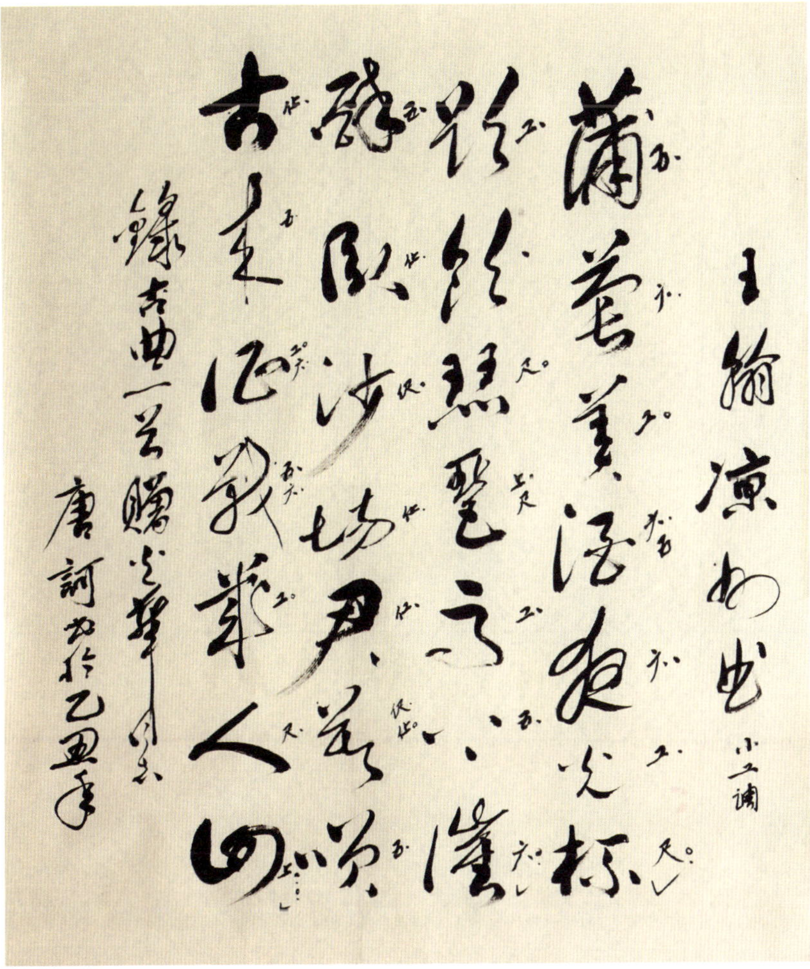

唐珂赠予作者的书法作品

《十五的月亮》的作者石祥、铁源

《十五的月亮》这首歌在20世纪80年代从部队一直唱到全社会，成为家喻户晓的作品，后来又从中国唱到东南亚各国。歌曲影响之大是罕见的。当时的大街小巷都弥漫在歌曲的旋律之中。就连两口子分家都会经常引用其中的一句歌词——“有你的一半也有我的一半”。

1984年4月，《解放军歌曲》举办创作学习班，组织军队词曲名家到北京军区某集团军体验生活，词作家石祥、作曲家铁源和徐锡宜等军中名家均在其列。

石祥原本就长期深入部队生活，了解基层官兵所思所想，也非常了解军嫂们生活的艰难。战争年代妻子送郎上战场，和平年代妻子在家乡默默奉献。石祥觉得这正是要歌颂的精神。这次体验活动激发了石祥的创作灵感，写出了《十五的月亮》这首歌词。当石祥把这首歌词念给一同体验生活的作曲家铁源时，铁源拍手叫好，急急忙忙回到房间与同住的徐锡宜一起商量了一下，很快谱出了曲子。

当时《解放军报》抢先发表了这首歌曲，引起了全军的重视。后来再经歌唱家的演唱，电视台的播放，这首歌

作者与石祥（右）

不胫而走，红遍了大江南北。深情的歌词和感人的旋律让这首歌在每个军人的心中产生了共鸣。部队首长对石祥说，这首歌都把指战员给唱哭了。有些军嫂纷纷给石祥写信赞扬他写出了自己的心声。有一次我正在北京开会，我妻子也出差到北京，联系不上我就给石祥打电话，感谢石祥替军嫂们说出了心里话。她的感谢让石祥非常感动，每次见我都会提到这件事。

我和石祥认识是在 20 世纪 70 年代。那时石祥已经是很有名气的诗人词作家了。石祥原名叫王石祥，1939 年出生在河北清河县。参军入伍后从战士、班长、排长、北京军区创作员，一直做到北京军区文艺创作室主任。他出版的著作有《兵之歌》《新的长征》《骆驼草》《日月星》《石祥短诗选》《石祥作词歌曲选》。他作词的歌曲《老房东查铺》《一壶水》《祖国一片新面貌》广为流传。

1976年，我刚刚调到内蒙古军区文工团搞歌词创作。从文学创作的角度来说，其实我最爱的是诗，不是歌词。我觉得歌词就几句话，表现不出什么文学水平，而且还要受音乐的限制，放不开手脚。在那个时代的歌词界，石祥是有名的老大哥。他为人厚道，善于团结人，处处做加法，还常常帮助大家解决矛盾。他劝我安心写歌词，他说一首歌词写好了比一部长篇小说都有价值，千万不可小看歌词。我听了石祥的话安下心来写歌词。后来等我写出了《美丽的草原我的家》，才真正理解了石祥大哥一席话的深刻含义。我能从事歌词写作，要感谢他的引路。

后来我转业到地方工作，与部队联系少了。但我与石祥还保持着那份真挚的友谊。我的家乡北京怀柔县要建“火华文馆”，我请他题个词，他发来了一首藏头藏腰诗，这让我深为感动。诗是这样写的：

火热心肠火热情，
华夏之子华夏风。
诗颂军垦诗有铁，
歌唱草原歌共鸣。
德高望重德无量，
艺海索珠艺品精。
双翅腾飞双报捷，
馨留人间馨永恒。

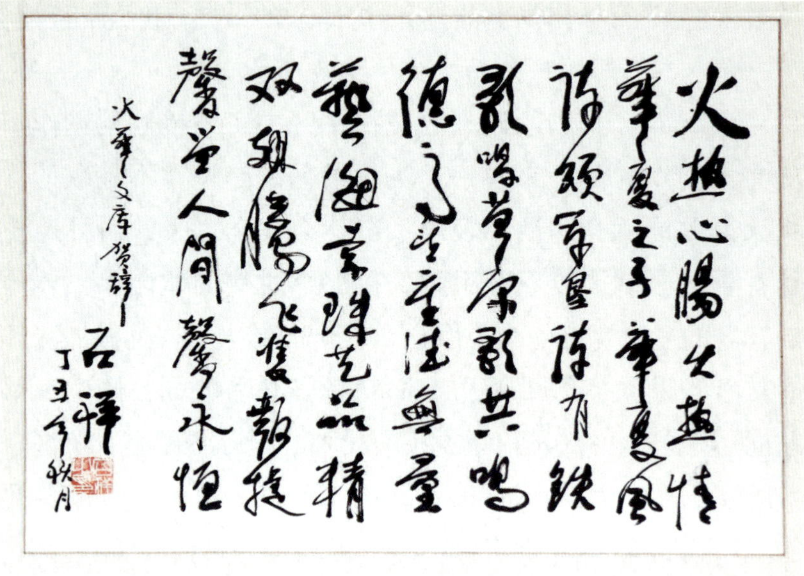

石祥给作者的题词

这首诗的每一行第一个字联起来是“火华诗歌德艺双馨”，每一行第五个字联起来还是“火华诗歌德艺双馨”。这让我们感受到石祥作为诗词大家的高超的艺术造诣。

作者与铁源（右）

作曲家铁源，我是在上海认识的。当时上海举办了一个以公安题材为主题的歌曲评奖活动。我和阿拉腾奥勒的一首歌获奖，同时铁源的一首歌也获了奖。我们相识在颁奖典礼上。铁源很低调，待人和气，完全没有大作曲家的傲气。铁源原名叫石铁源，是辽宁大连人，国家一级作曲，担任过省政协常委，省音协副主席。我们在一起谈了许多事情。他是 1932 年出生的，比我们都大。他是沈阳军区前进歌舞团的艺术指导。他创作歌曲有《我为伟大祖国站岗》《在那桃花盛开的地方》《十五的月亮》《望星空》等，著有《铁源歌曲集》。火华文馆在北京开馆之际，他除了寄来贺信之外还寄来他的《在那桃花盛开的地方》《十五的月亮》等很有价值的手稿。

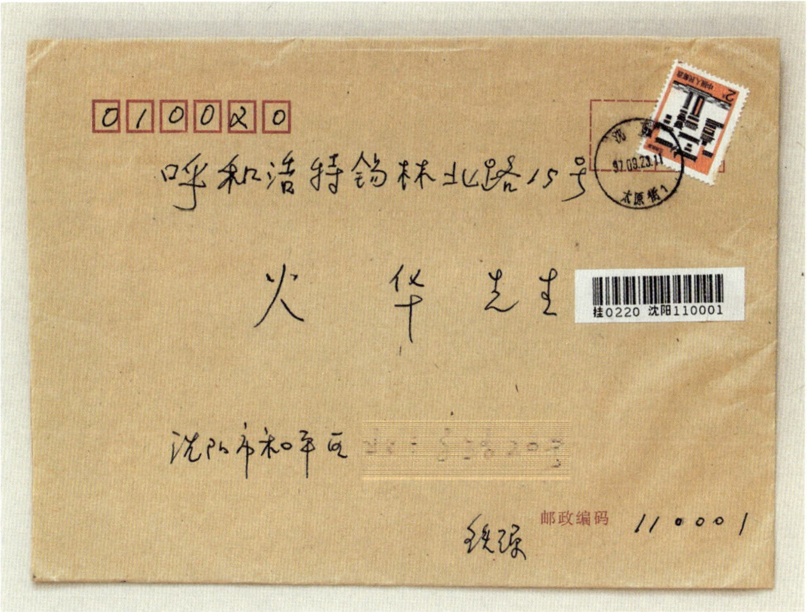

铁源给作者来信的信封

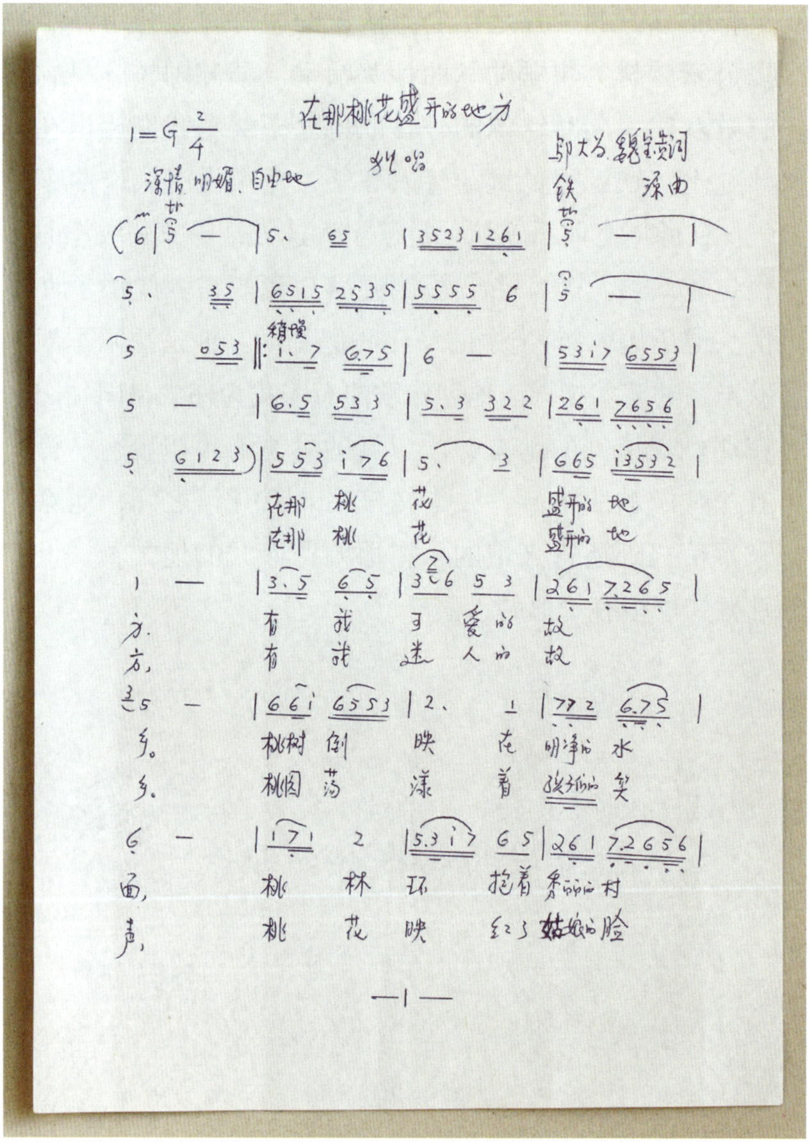

《在那桃花盛开的地方》手稿（01）

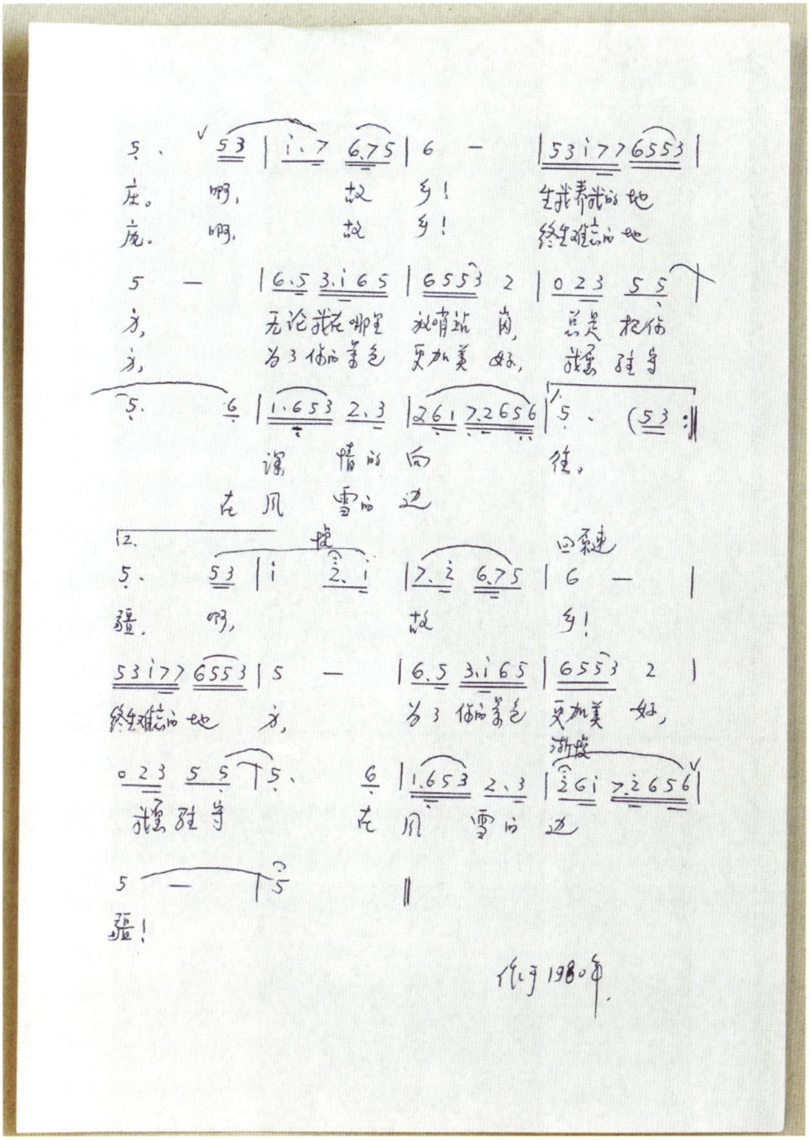

《在那桃花盛开的地方》手稿（02）

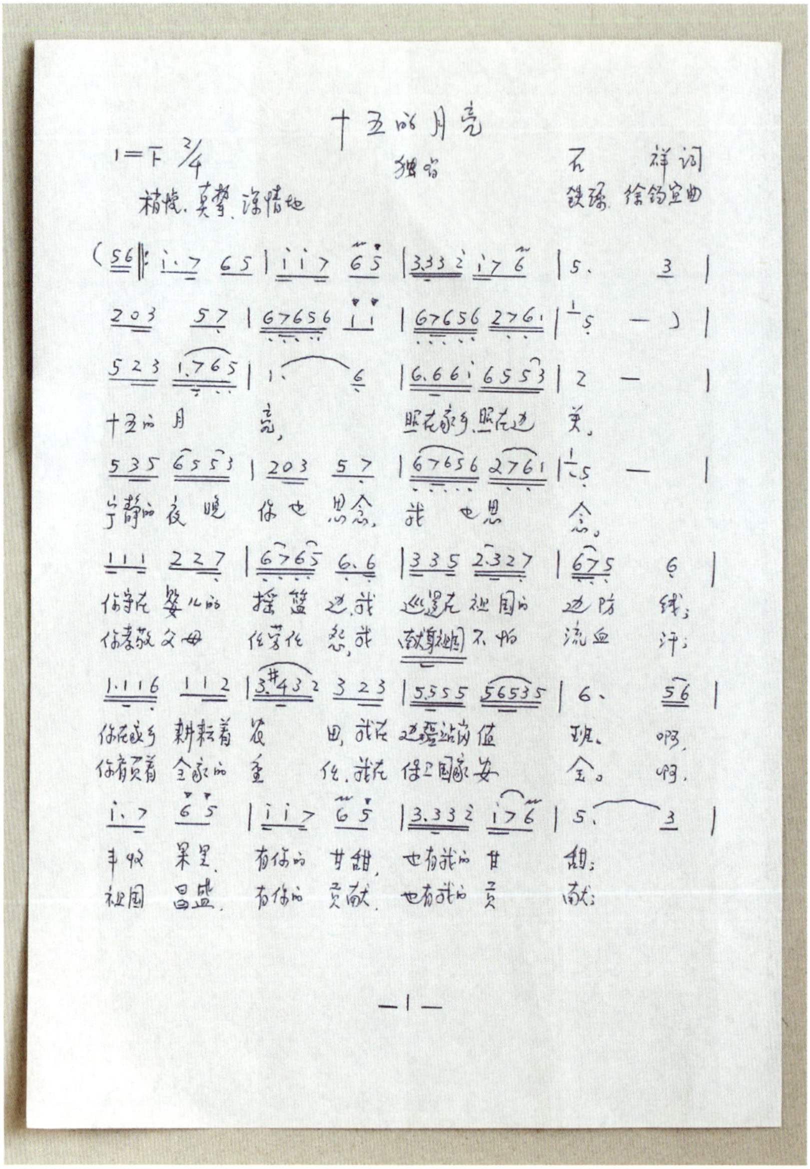
十五的月亮
1=F 2/4
独唱
石 祥词
稍慢、真挚、深情地
铁源 徐锡宜曲
十五的月亮 照在家乡照在边关。
宁静的夜晚 你也思念 我也思念。
—1—

《十五的月亮》手稿（01）

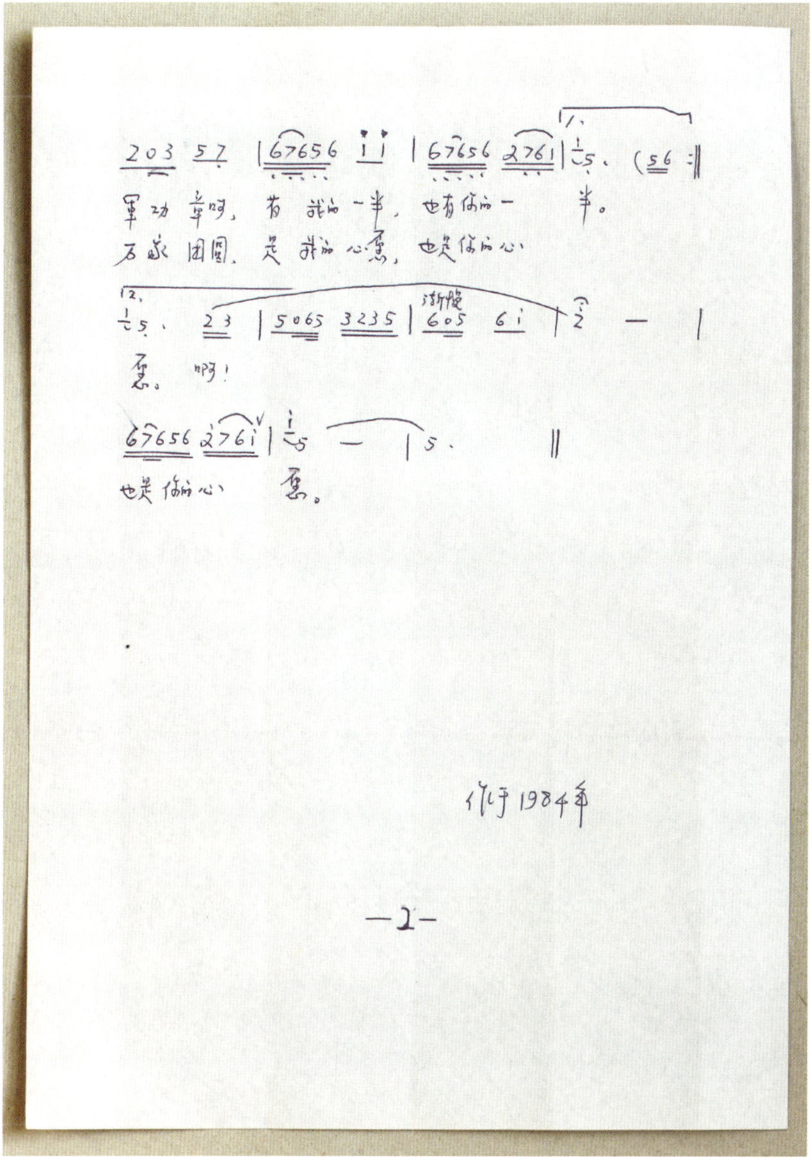

《十五的月亮》手稿（02）

诗人、书法家柳倩

柳倩先生是我在中华诗词学会成立大会上认识的一位朋友。和他交谈中发现他真是个“老古董”。他是中国左翼作家联盟的成员。这是共产党领导的以鲁迅先生为旗帜的一个文学组织。简称为“左联”。目的是与国民党争取宣传阵地，吸引广大民众的支持。而领导这项活动的幕后人物是中共中央总书记瞿秋白。这些事情是我在上大学时听文学史课时知道的。“左联”已经成为现代文学史上的一个符号，而在生活中很少能遇到当事人。而柳倩先生竟然活生生地坐在我身边。我真觉得他就是半部文学史。说起当年的事情他都记得清清楚楚。说得生动细致。

柳倩原名柳智明，1911年出生于四川荣县。早年就读于成都大学。他发起成立中国诗歌会，创办《新诗歌》杂志。加入“左联”之后与郭沫若、田汉、周杨、夏衍等人一起从事进步文艺活动。抗日战争爆发后经郭沫若介绍参加南方局领导下的文化工作委员会，后任浙东行署文教负责人。中华人民共和国成立后曾任上海诗歌工作者协会副主席。1953年调北京戏剧编导委员会工作。他主持编写京剧汇编，

作者与柳倩（右）

改编整理多出戏曲。他积极倡导成立中国书法协会、中国书画院、中国诗书画研究会等组织并在其中任职。他是中国书协常务理事、北京市书法协会副主席、中国作协会员、中华诗词学会顾问、中国艺术研究院院长。后来又得知他在 2001 年荣获中国书协“中国书法艺术特别贡献奖。”

我当时请柳倩先生为我写幅字，他毫不推辞，挥笔就写。他说你是从内蒙古来的我给你写一首我的诗《哀青塚》吧。也请你多提意见。老先生很谦虚。他的诗、他的字都是上乘之作。发在这里请大家一饱眼福。

马上凄凉马下同，
琵琶萧瑟怨西风。
黑河水冷哀青塚，
桑梓情深托碧松。
蜀女惶惶归路杳，

香溪夜夜梦魂通。
眼前又到家山客，
倚冢遥怜夕照红。

旧作哀青塚书赠火华同志
柳倩

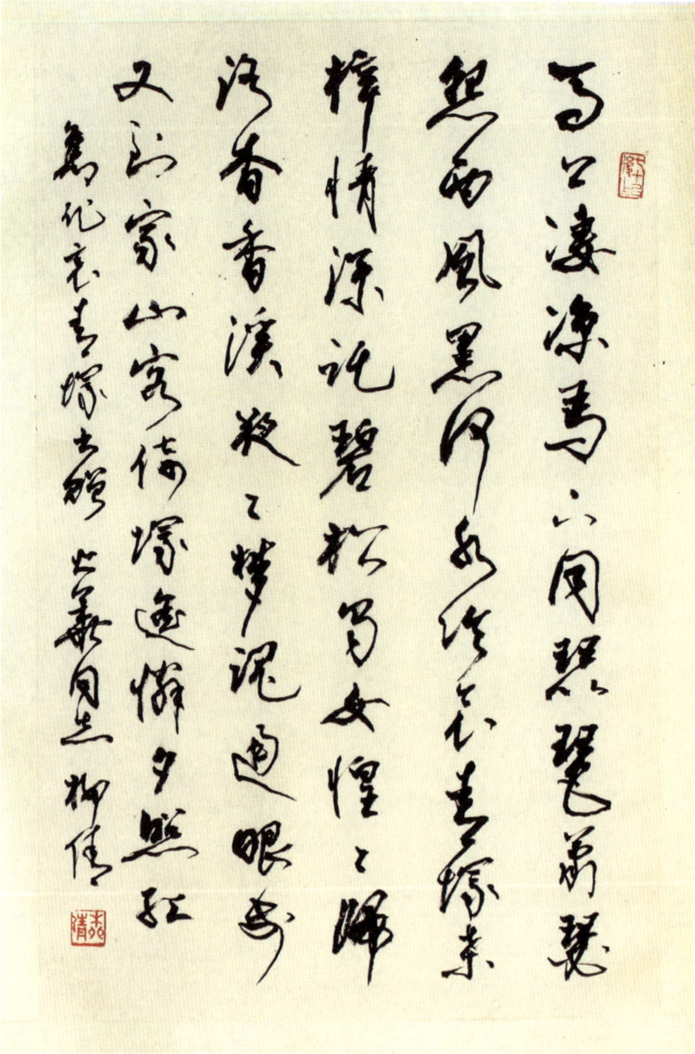

柳倩赠予作者的书法作品：《哀青塚》

诗人、画家马萧萧

在 1987 年的中华诗词学会成立大会上我和老诗人马萧萧再次相见。马老特别热情，他对我的创作特别关注。我告诉他因为工作需要我的创作重点转到写歌词上来了。他说：“这是件好事情。俗话说有什么条件打什么仗，只要能发挥艺术才能干什么都好。千万不要在一个艺术门类把自己套住。你想想我们这些写诗的人谁的诗被唱出去，那不是天大的好事吗？可惜的是唱不出去。你的选择是正确的，我支持。最近你的歌儿唱得很火，我真为你高兴。你要在草原上继续写下去，创造更辉煌的业绩。”

马萧萧本人就是多方面发展的人，他是中国民间文艺家协会党组书记。他是一位大学者，对中国民间文化有研究；但同时又是一位诗人。是书法家和画家，他是中国书协会员又是美协会员。他的书法善行草，字迹潇洒流畅，堪称一绝。在祖国的名山大川许多地方都留有他的墨迹。他的绘画擅长写意，画马画鹰画花草都有独到之处。他还是中国楹联学会的会长，对楹联的创作和研究在全国首屈一指。当然影响最大的还是他的诗。以诗人马萧萧闻名于世。

作者与画家马萧萧（左）

马萧萧赠与作者的画作

这次见面，我请他给画一幅画。他欣然答应。他一夜赶出来。第二天早晨拿给我。他说：“你走得太急，要是白天画会更好一些。在绘画上有‘夜不观色’之说。夜间看得色彩合适了到了白天看就有些不对劲了。这次给你画的是草原雄鹰。愿你这位草原雄鹰飞得更高更远，做出更大的贡献。谱写壮美的人生，我们等着你的好成绩。”

在莫斯科看高莽画展

2006年10月，我有幸参加中国人民对外友好协会组织的代表团访问俄罗斯，出席俄中友协成立50周年纪念大会。代表团长是中国人民对外友好协会会长、中俄友协会长陈昊苏，副团长是中国科协副主席、中科院副院长刘恕，原陈云同志的秘书朱佳木。团员有毛主席的女儿李敏、著名

陈昊苏（右）向高莽献花

作者与高莽（右）

作家、翻译家、画家高莽等。俄罗斯媒体称之为中国派出了最权威的代表团。

对于高莽我过去有所了解，这次更为深刻。在莫斯科举行的画展，是访问活动的一部分。10 月 24 日下午，高莽画展在莫斯科奥斯特洛夫斯基故居的会议室里举行。当我走进去时一看画中的人物几乎个个都能认得出来，画的都是中国作家和苏联作家。对于几乎是一辈子都在文学领域里工作的我来说，觉得这些画很亲切，我顾不得与在场的人打招呼就醉心地欣赏起画来。

最有意思的是他画谁就有谁在画上题字，这十分难得。他画女作家丁玲，丁玲在画上题“依然故我”。他画巴金，巴金在上面题字“一个小老头，名字叫巴金”。他画诗人艾青，艾青在画上题“含着微笑看着海洋”。他画曹靖华，曹靖华题“粤江常年花似锦，神运天工织不成”。他画茅盾，茅盾题字“风雪岁月催人老，峻坂盐车未易攀，多谢高郎妙化笔，一泓水墨破衰颜”。他画老舍先生在太平湖一个场景，表现作家宁死不屈，不甘受辱的气节。这幅画自然不会有老舍先生的题字，因为先生此去不复返了。但上面有老舍儿子舒乙的题字：“心灰念灭，遍体鳞伤，极度悲凉，夜静湖殇。”后面又写“舒乙，又到八月不觉悲上心头”。这是一幅画，又不止是一幅画，这是一段历史，这是一曲悲歌，在我看来厚重得像一座山。

他画高尔基，作家在苍茫的大海上听海燕在歌唱；他画普希金，让诗人登上了中国万里长城，这是诗人的理想；普希金没有来过中国，但高莽利用手中的画笔帮助他实现了这一愿望；他画马雅可夫斯基，突现了诗人犀利的目光；他画肖洛霍夫，面对静静的顿河引发人生的思考。

高莽的画有很高的艺术造诣，也有很高的收藏价值。他在捕捉人的神采上很有功力；在一次座谈会上，高莽坐在李敏老师的对面，很快几笔画出一个惟妙惟肖的李敏老师。他的速写能力真是令人惊叹。

在高莽画展上，俄罗斯友好人士奇克文斯基说：“能画俄罗斯作家的人一定是热爱俄罗斯的人，高莽的画展为俄罗斯中国年增添了光彩。”原俄罗斯驻中国大使罗高寿说：“我在 1997 年代表叶利钦总统向高莽受勋，表彰他为中俄两国文化交流做出的贡献。我在中国工作 21 年，高莽是我的好朋友，在我家里还有他为我父亲老罗高寿画的画像。”

中国人民对外友好协会会长陈昊苏向高莽献花，高度评价他为中俄友好所做的努力。他说："在这些画里高莽没有画自己，画中找不到他的形象，但他在大家的心中已经树立起可亲可敬的高莽形象。"

画展上有许多人即兴发言。全国友协的陈磊副处长在会上做翻译。语言准确生动，自然流畅，使得会议气氛十分轻松。

高莽是我敬重的学者和作家，他是苏俄文学翻译大家，常用笔名乌兰汗。其实"高莽"也是笔名，他本来姓宋名毓南，1926年生于哈尔滨，毕业于基督教青年会，长期从事苏俄文学研究、翻译、编辑工作，同时也从事文学和美术创作，是中国作家协会和中国美术家协会会员，也是中国翻译工作者协会会员。退休前是《世界文学》杂志主编，中国社科院荣誉学部委员。著有《久违了，莫斯科！》《妈妈的手》《画译中的纪念》等二十几部作品。他为普希金、莱蒙托夫、阿赫马托娃、叶塞宁、帕斯捷尔·纳克、马雅可夫斯基等作家翻译了大量的作品。他第一个根据小说《钢铁是怎样炼成的》改编成剧本《保尔·柯察金》，并将它搬上中国舞台。在绘画方面他为中外文学家、艺术家、画过肖像画，为许多纪念馆所收藏。在庆祝俄罗斯中国年之际，他出版了《我画俄罗斯》《白银时代》《历史之翼》《乌兰汗译诗集》《乌兰汗译文集》等多部著作。

对于我来说，高莽是大家、前辈，他虽已80岁了，但精神矍铄，身体硬朗，并且待人非常谦和。在首都机场贵宾厅他让刘恕老师把我介绍给他。我说："您的作品我读过。"他反过来说："你的作品影响大，《美丽的草原我的家》是家喻户晓的歌曲，你回来后一定要给我写一幅字。"

在俄罗斯期间，我们经常见面，我对他了解越多，也就对他更加敬重。回国之后，我第一个收到高莽老师让他女儿宋晓岚给我发来的在俄罗斯的照片，还有高莽老师的著作《白银时代》和《历史之翼》。他是俄罗斯作家协会名誉会员、俄罗斯科学院远东研究所名誉博士、俄罗斯美术研究院荣誉院士，1997 年，俄罗斯总统叶利钦授予他友

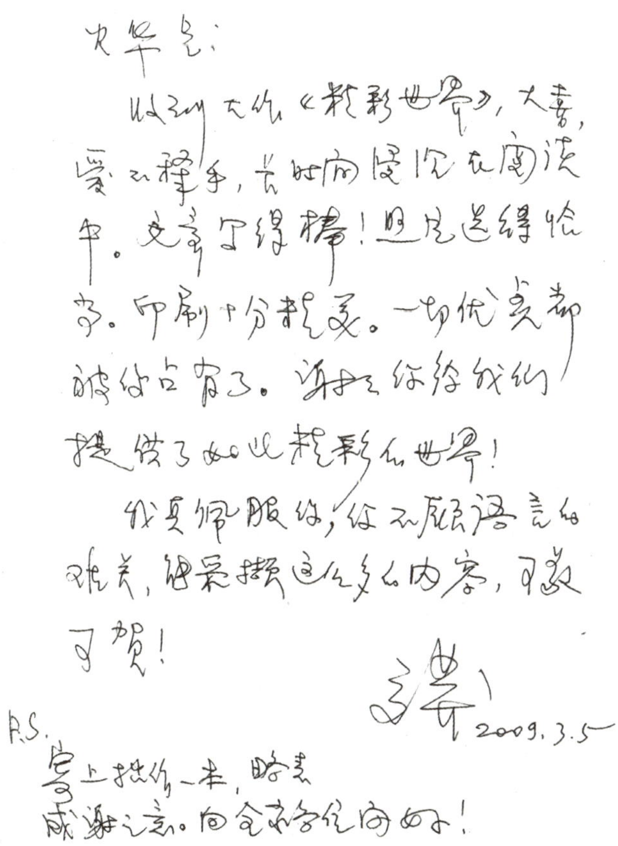
火华兄：

收到大作《精彩世界》，大喜，爱不释手，长时间浸沉在阅读中。文章写得精！照片选得恰当。印刷十分精美。一切优点都被你占有了。谢谢你给我们提供了如此精彩的世界！

我真佩服你，你不顾语言的难关，能采撷这么多的内容，可敬可贺！

高莽 2009.3.5

P.S.

寄上拙作一本，略表感谢之意。向全家各位问好！

高莽给作者的信

谊勋章。读着他的作品感受他的为人，用我的笔来写他我深感不足，他是大海，我只写了海中的一朵浪花；他是高山，我只写了山上的一棵小草……

这次出国访问回来，我很快写出了散记《俄罗斯纪行》并在报纸上连载。此文与其他出国访问的文章一起结集出版。书名叫《精彩世界》。我把书寄给了高莽老师，得到了他的高度评价。我们有了密切的书信往来。高莽老师还根据他的记忆给我画了一张画像，我也给他寄去了书法作品，这成了我们之间永久的记忆。

高莽给作者的画像

军旅歌唱家贾世骏

清晨我来到哨位上，
常常会产生许多联想。
看到远方滚动的沙尘，
想起了平原浩荡的长江。
看到天边飘舞的金霞，
想起了故乡起伏的麦浪。
啊！
我爱长江，我爱麦浪，
我把长江麦浪刻在心上。

夜晚我来到哨位上，
常常会产生许多联想。
看到一轮皎洁的明月，
想起亲人的笑声朗朗。
看到满天灿烂的群星，
想起了万家灯火辉煌。
啊！

我爱笑声，我爱灯火，
我为笑声灯火握紧钢枪。

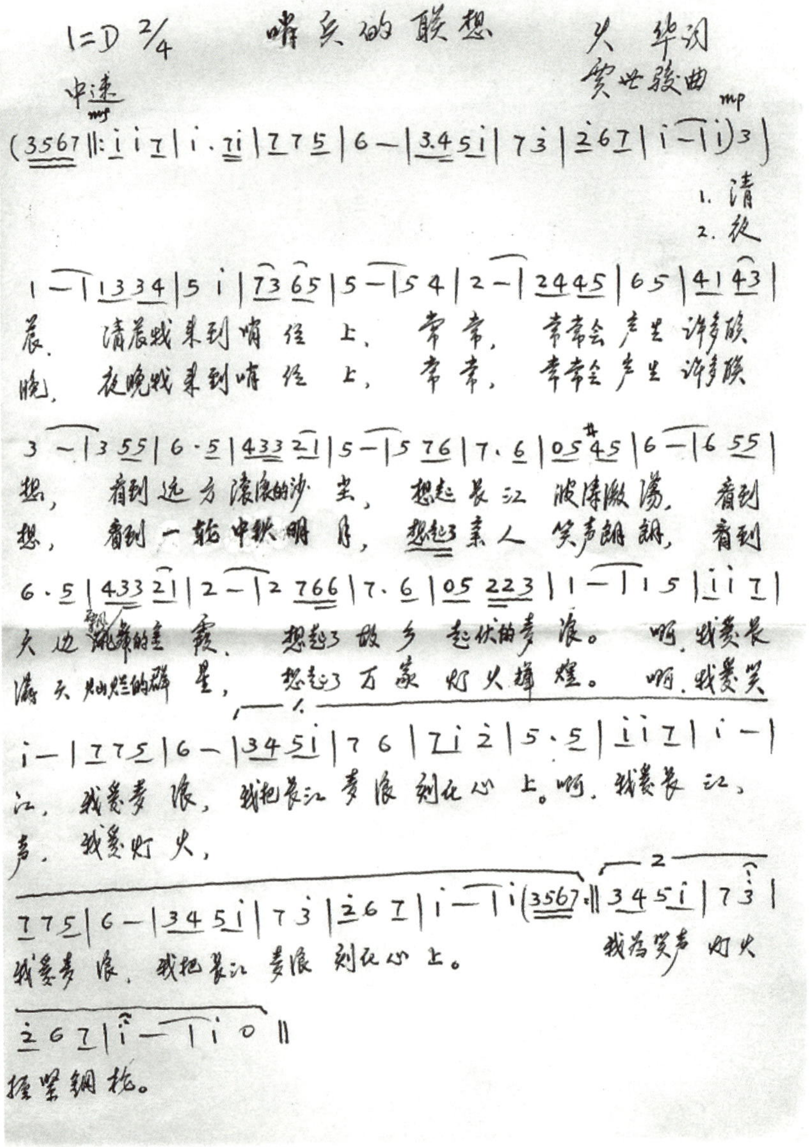

贾世骏手稿

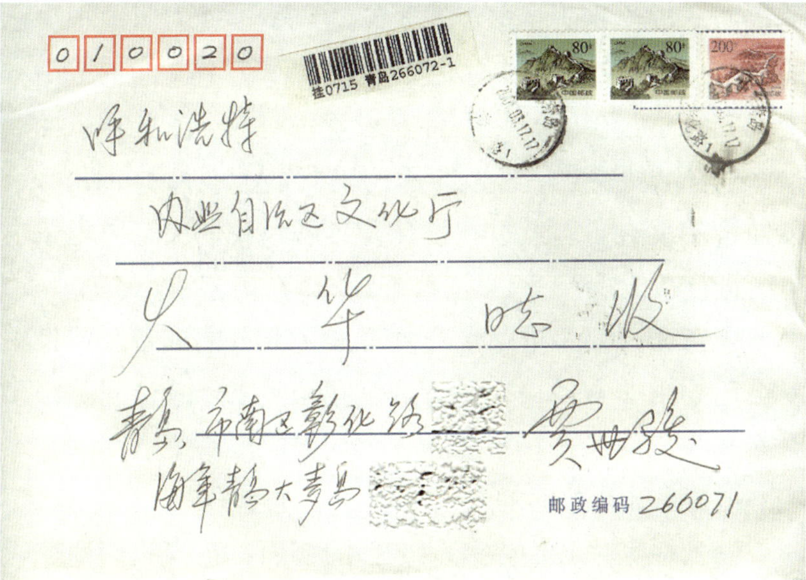

贾世骏给作者来信的信封

这首歌叫《哨兵的联想》，是由我作词贾世骏作曲并演唱的。他在我的作品中不很出名，或许是因为宣传推广不够。但作品本身是首完整流畅的好作品。它记录了我和贾世骏的一段情谊。

“文化大革命”期间许多文艺团体都瘫痪了，整天搞革命大批判，很难有演出活动。只有部队的文艺团体还活跃着。北京军区战友歌舞团不断推出新作品，让人感到耳目一新。特别是歌唱家“二马一贾”已经成为人们心中的明星。二马指的是马玉涛、马国光，一贾指的是贾世骏。和今天一样，当时的明星也是青年人效仿的偶像。

有一次贾世骏受内蒙古军区之邀，到我们文工团作辅导，使我们有机会与之相见。贾世骏名气很大，但人很谦和。我们俩刚刚接触就谈得特别贴心。有些艺术见解是完全一致的。他特别喜欢我的歌词，不仅喜欢而且拿着我的歌词谱成曲子唱给我听，这让我很感动。我也就大胆地把自己的歌词拿给他。应该说他不仅唱歌有天赋，作曲也有天赋。他的旋律是很美的，几个月下来竟然完成了十几首歌曲。恰好他自己就是歌唱家，演唱不用再找人。只要词曲出来，歌曲自然就有了。经过一段认真准备，我们决定去内蒙古电台进行歌曲录音。

录音那天很隆重，录音师都做了充分的准备。贾世骏对自己要求非常严格，稍有瑕疵必须重来。录音间隙很多人来找我们两个合影签名。一个词作家、一个歌唱家在人们心里似乎成了追逐的人物。录音一直过了中午才结束。

妻子在家为我们做了她拿手的焖面，正当我们两个饥肠辘辘的人回到家里准备饱餐一顿的时候，发现妻子手受了伤，鲜血直流。起因是我儿子要在院里建个溜冰场，便打开窗户用水管从屋里接到院子里浇冰。时间一长，窗户上冻了个大冰疙瘩，搞得大冬天窗户关不上。我妻子就用刀去砍冰块，不小心碰到了自己的手。

见此情形，我只好把大歌唱家留在家里，赶紧领着妻子去医院，刚才还是无限风光，马上又跌进深谷。好在妻子伤势不是很重，包扎一下也就好了。

等我和妻子回到家里时，大歌唱家贾世骏还饿着呢。可是经过这么长时间的折腾，锅里的面已经焖糊了。吃什么呢？没办法只好吃那锅糊了的焖面了，用筷子挑选出还能吃的面来吃。饥饿是最好的调味品，我们两个人狼吞虎咽地吃了起来。等到快要吃饱的时候，我们一抬头，全笑了。因为我俩满脸、满嘴全是黑色的。

这件事，想起来就好笑。鹰有时比鸡还飞得低，但鸡永远飞不了鹰那么高。这里说了贾世骏生活中的小事。生活里他是一个随和的普通人，事业上他是一个成功者。他的人生是辉煌的，在那封闭的年代，贾世骏代表国家到苏联、朝鲜、罗马尼亚、日本、印度尼西亚、缅甸、阿尔巴尼亚、越南等国家慰问演出。还曾应周总理之请去教唱《长征组歌》。

贾世骏同志远去了。我经常在歌声中想起他……

贾世骏在长征组歌中的剧照

著名歌唱家胡松华

我第一次接触胡松华老师是在《东方红》大型歌舞剧当中，我被他唱的蒙古长调所吸引。他的歌声像风一样自由，像流水一样婉转，像苍天一样的高远，像草原一样舒展。我为他的歌声而陶醉，也许就从那时起我爱上了蒙古族音乐。我从心里追踪着胡松华的足迹。我大学毕业后到内蒙古工作，开始打听胡松华，希望看到他的演出，听到他的歌声。打听的结果是胡松华不是蒙古族，也不在内蒙古工作。他是满族，在北京中央乐团工作。这让我很失落。

后来我调到内蒙古军区文工团从事歌词写作。开始试着将自己的诗歌融入作曲家的音乐作品之中。在我写歌词不长的时间，收到太平洋影音公司寄来的新录制的胡松华老师演唱的歌曲专辑，我打开一看上面竟然有我的作品，这让我喜出望外，能够与这位大师合作真是天大的福气。这时我还没有见到过他本人。我见到胡松华老师是在华北音乐节上。

20世纪80年代初，华北音乐节在内蒙古召开，一些歌星、大家云集呼和浩特。有一天，听说胡松华老师在招待所给

作者与胡松华（右）

大家写字，我决心去见上一见。我到招待所后，人们争相把我介绍给胡松华老师。胡松华老师紧紧地和我握手：“火华同志你的歌词很有生活气息，诗情画意朗朗上口，我特别喜欢。”对我这个刚开始学习写歌词的人来说实不敢当。胡松华老师说：“大家让一让我先给我们的词作家写一幅字好不好？”

当时书法创作的条件太差了，没有条案只有茶几，没有画毡只有几张报纸铺垫。没有大中小号各种笔，只有小笔。胡松华老师就把五六支小笔捆在一起给我写个大字，他一条腿跪在茶几旁边挥毫写下一个大大的“剑 ”字。苍劲有力气势磅礴。然后又用小笔写了几行小字：

十年磨一剑，
霜刃未曾试。
今日把示君，
谁有不平事。

唐贾岛诗　胡松华书

上款写着：火华同志藏正

我感念胡松华老师的这份情意，也感受到老一辈艺术家纯朴的作风，他为人谦和，时刻不忘关心青年成长，丝毫没有大歌唱家的架子。我从胡松华老师身上学到许多东西。

后来我和胡松华老师经常有些往来，我们相处得很好。但越和他熟悉越感受到他的高尚。他是当之无愧的艺术大师，他在艺术上的贡献是巨大的。通常少数民族歌唱演员挖掘本民族的音乐唱出具有本民族特色的作品，在中华民族的大舞台上独树一帜，这已经很了不

胡松华给作者的书法作品：《剑》

起了。而他却是研究学习多个少数民族的唱法，唱出代表各民族的作品，这是非常难得的。他的“万里长歌万里行”被大家誉为“状行边疆十万里，高唱民族百首歌”的创举。这是其他人无法与之相比的。

他向蒙古族歌王哈加布学习长调，演唱得极有水平。他唱的《赞歌》在审查时得到周总理和陈毅元帅的一致好评。演出后受到全国人民的喜爱。成了红极一时的“蒙古族”歌手。

他向彝族歌师白素珍学过传统的“海菜腔”唱艺，他的彝族歌曲唱得特别有味道。这些在歌剧《阿诗玛》中有独特的表现。他唱的《马铃响来玉鸟唱》等歌曲在全国广为流传。许多彝族同胞称胡松华为“咱们的阿黑哥。”

此外他曾向西北“花儿王”朱仲禄学习过成套的“花儿”技艺，向维吾尔族歌师阿尼木尼莎学习过古典“木卡姆”唱艺，向藏戏之王扎西顿珠学习“真固”技法的高难唱腔，向朝鲜族歌师金声民学习古典与民间特色的朝鲜族唱艺。她学什么成什么，学什么像什么。被多个少数民族称为“自己的歌唱家”。

胡松华老师的贡献实在太大了。他为我们唱出了许多脍炙人口的好歌。他在我们心中是一座艺术丰碑。胡松华老师有很强的人格魅力，他关心晚辈胜过关心自己，他来到呼和浩特市只要有空就一定见一见，平时打电话来问问工作情况身体情况也经常传授他的养生心得体会，他把书法与歌唱结合起来的作法非常可取。

20 世纪末胡松华老师得知“火华文馆”将要开馆的消息非常高兴。他给我写了长达五页纸的祝贺信。写了对我的鼓励与支持，也表达了他对草原蒙古族艺术的热爱，以及他为实现多民族的艺术繁荣而努力的决心和信心。他为我赠送了一副对联：

飞马草原诗酿酒，
放歌神州笔注情。

感谢胡松华老师的关心与爱护。他是我永远的老师，在他身上有我学不完的东西。

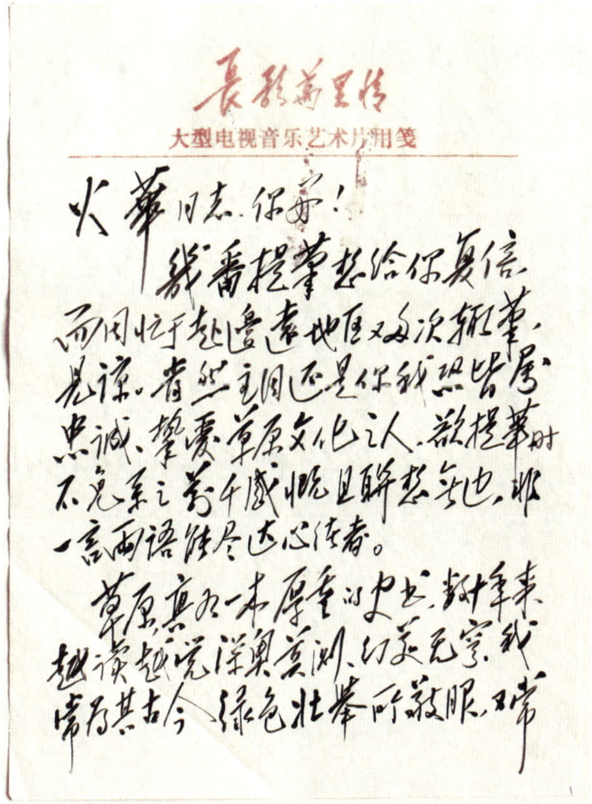
长歌万里情
大型电视音乐艺术片用笺

火華同志，你好！
几番提笔想给你复信，而因忙于赴边远地区又多次搁笔，见谅。当然主要还是你我恐皆属忠诚、挚爱草原文化之人，欲提笔时不免柔肠万千感慨且联想无垠也，非一言两语能尽达心情者。
草原真是一本厚重的史书，数十年来越读越觉深奥莫测、幻美无穷。我常为其古今、绿色壮美所激眼，又常

胡松华给作者的长信（01）

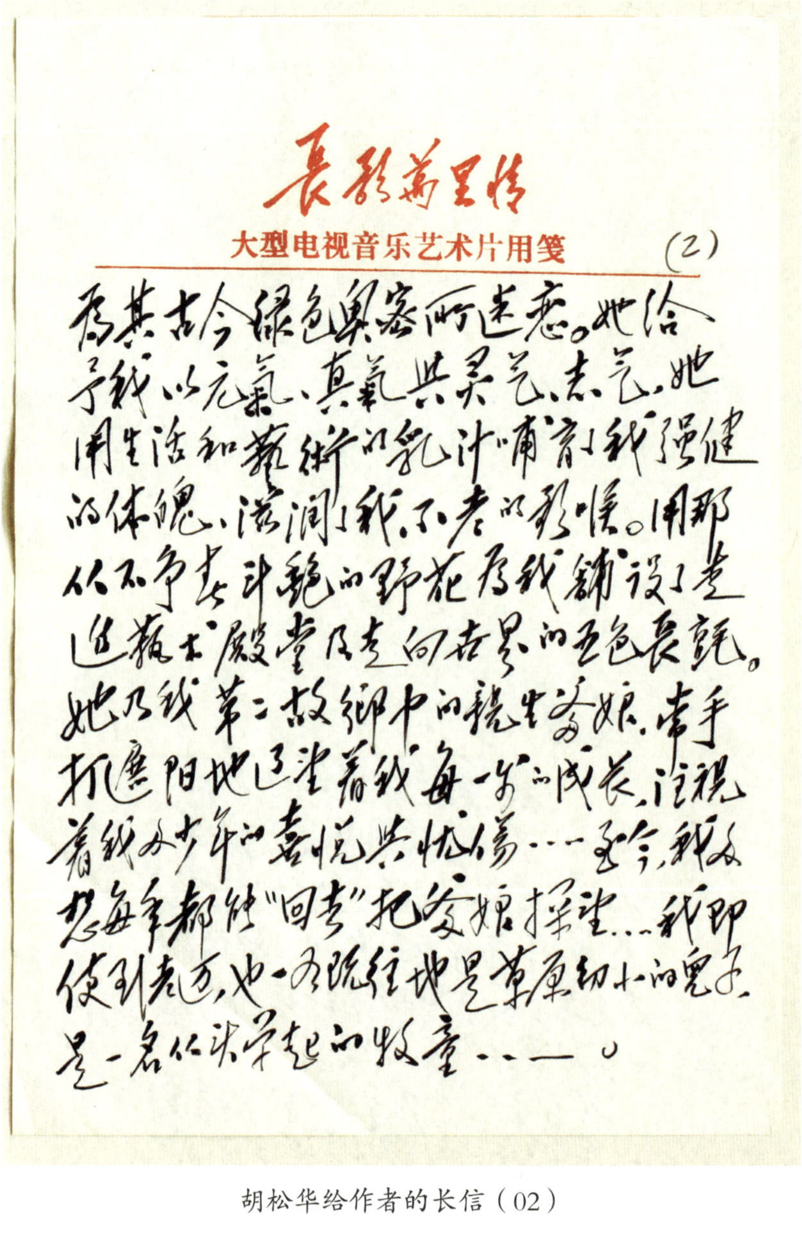

长歌万里情

大型电视音乐艺术片用笺 (2)

为其古今绿色奥密所迷恋。她给予我以元气、真气与灵气、志气。她用生活和艺术的乳汁哺育了我强健的体魄、滋润了我不老的歌喉。用那从不争春斗艳的野花为我铺设了走进艺术殿堂及走向世界的五色长毯。她乃我第二故乡中的亲生爹娘，常手抚应阳地迎望着我每一步的成长，注视着我少年的喜悦与忧伤……至今，我每想每年都能"回去"把爹娘探望……我即使到老了，也一直认为我是草原幼小的儿子，是一名从头学起的牧童……。

胡松华给作者的长信（02）

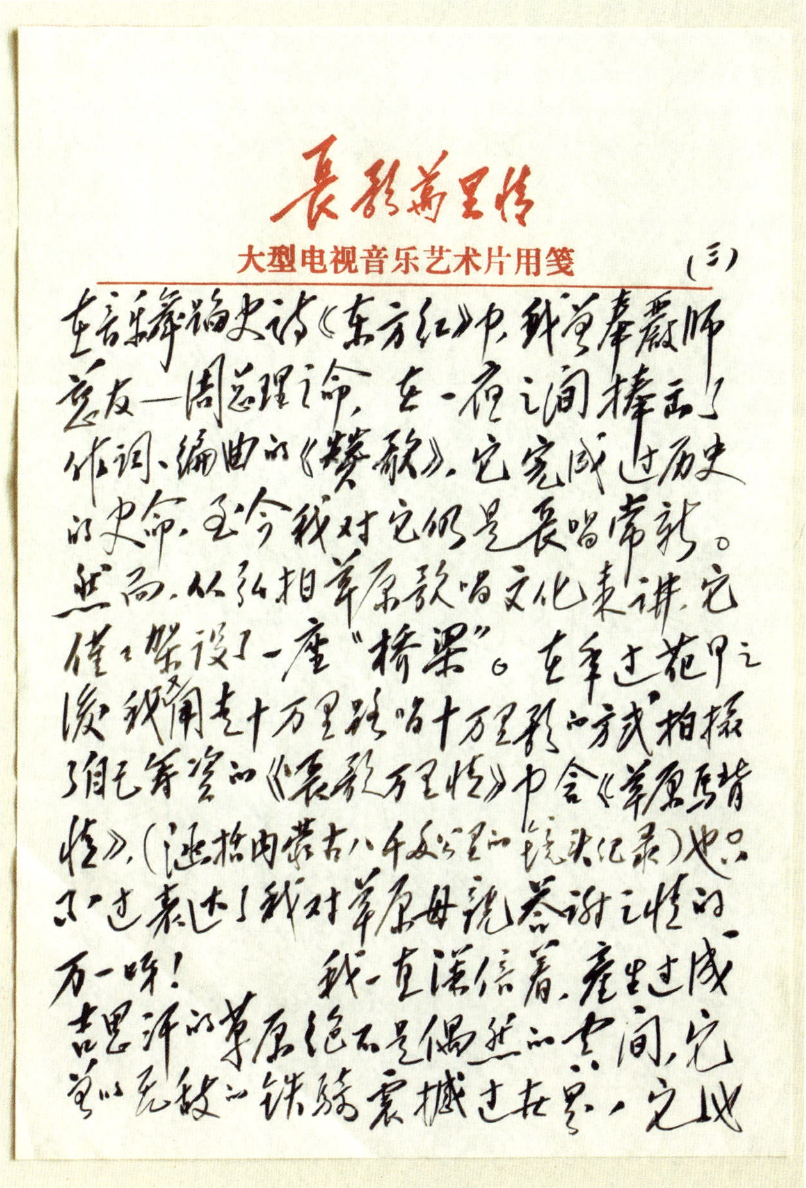
长歌万里情

大型电视音乐艺术片用笺　（三）

在音乐舞蹈史诗《东方红》中，我曾奉严师益友—周总理之命，在一夜之间捧出了作词、编曲的《赞歌》，它完成过历史的使命，至今我对它仍是衷唱常新。然而，从弘扬草原歌唱文化来讲，它仅仅架设了一座“桥梁”。在年过花甲之后，我又用走十万里路唱十万里歌的方式拍摄了自己筹资的《长歌万里情》中含《草原马背情》，（途经内蒙古八千多公里的镜头记录）也只不过表达了我对草原母亲眷恋之情的万一呀！　我一直深信着，产生过成吉思汗的草原绝不是偶然的空间，它曾以无敌的铁骑震撼过世界，它也

胡松华给作者的长信（03）

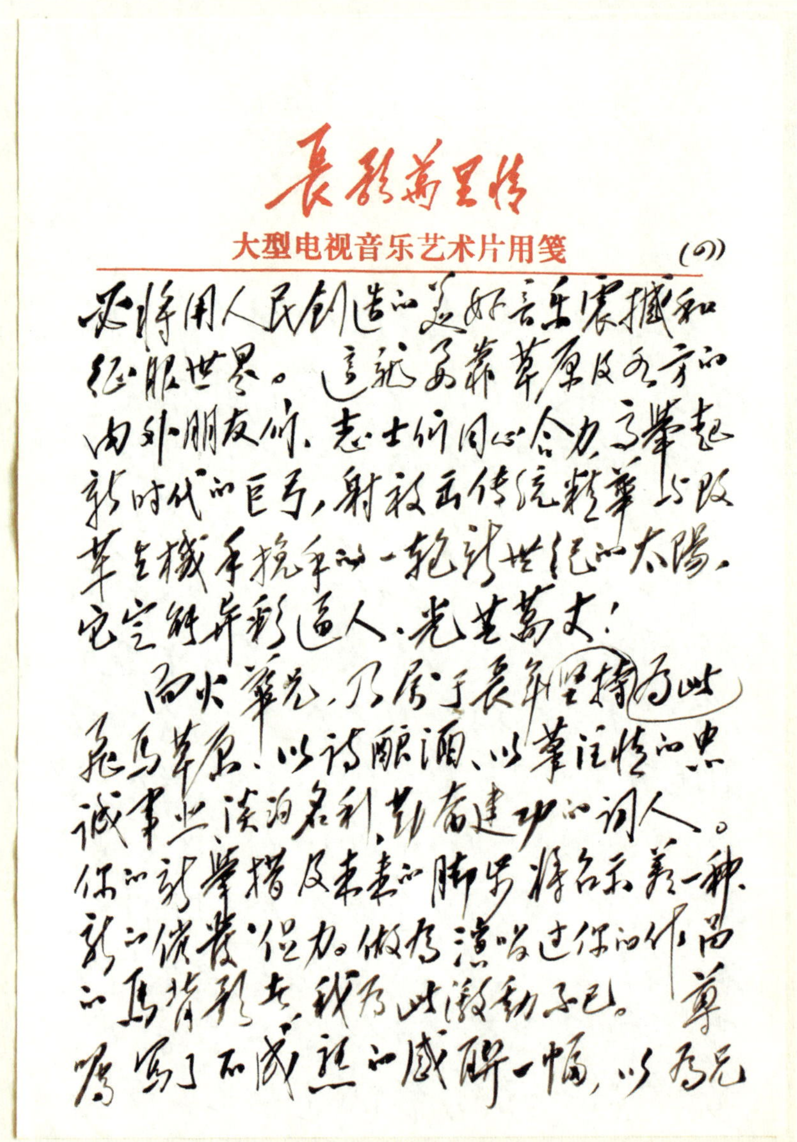

长歌万里情

大型电视音乐艺术片用笺 (4)

必将用人民创造的美好音乐震撼和征服世界。这就需要草原及全方的内外朋友们、志士仁人们同心合力，高举起新时代的巨手，射放出传统精华以改革先机手挽手的一轮新世纪的太阳。它定将异彩逼人、光芒万丈！

而火华兄，乃属于长歌万里情、为此飞马草原、以诗酿酒、以笔注情的忠诚事业、淡泊名利、苦于建功的词人。你的新举措及未来的脚步将启示着一种新的领发、促力。做为读过你的作品的马背歌者，我为此激动不已。草就写了不成熟的感联一幅，以为兄

胡松华给作者的长信（04）

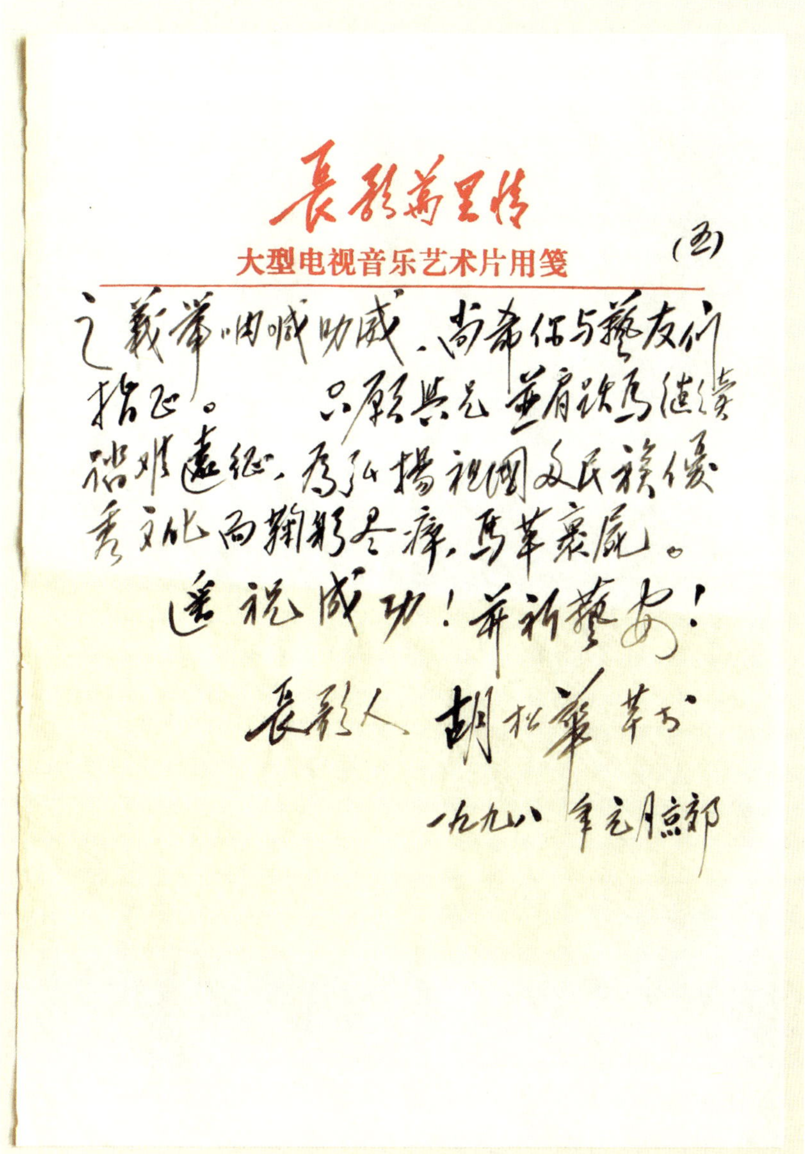
长影万里情
大型电视音乐艺术片用笺
（五）

之义举呐喊助威、尚希你与艺友们指正。只愿与君并肩跃马继续踏步远征、为弘扬祖国及民族优秀文化而翱翔长存、马革裹屍。

遥祝成功！并祈艺安！

长影人 胡松华 草书

一九九八年元月京郊

胡松华给作者的长信（05）

为艺术而生的德德玛

我和德德玛的第一次见面就是德德玛请我吃饭。有一天，作曲家阿拉腾奥勒到我家来请我，可惜我不在家。那是个星期日，我上街了。老阿就到大街上去找，找了几条街未见我的踪影又回到家里等我。我回到家里老阿说："快走，德德玛今天请咱们吃饭。这几年德德玛唱咱们的歌《美丽的草原我的家》获得极大的成功。得到文化部颁发的表演奖。作品在中央电台用二十多种语言向世界进行介绍。她准备让咱们给她写一些新作品，搞一个德德玛个人独唱音乐会。把事业再向前推进一步。"我们来到德德玛家。德德玛为请我们煞费苦心。因为家里地方窄小，她临时借了团部的一间办公室做接待室。在那个食物紧缺的日子里开了几瓶罐头，那已经是很大的破费了。她还让家乡的一位旗委书记也来作陪。这可真是太隆重了。我有几分感动也有几分拘谨。当时我对德德玛的要求都一一答应下来，并且一一落实。德德玛想搞一个个人独唱音乐会。让我写一些新作品，我都答应了。她还要唱一些蒙古民歌和外国歌曲让我给翻译歌词大意。我说我不懂蒙古语、英语，要

作者与德德玛（右）

先有第一翻译人，他把歌词原意翻译出来，我在这个基础上再改成诗情画意的歌词大意才行。

在此后的日子，三个人词曲演唱紧锣密鼓地进行训练和创作。我得了感冒，老阿也发了高烧。他说有的人一生无事可做，而我们要加班加点地工作。这是命吗？我说这说明你有才能，没有才能的人想累也没人用他。

我们的努力成功了。录音播出后，影响极其强烈，在城市的大街小巷，在农村，在山区，在草原到处都弥漫着德德玛的歌声。在飞机上、火车上都能听到我们的作品。可以说蒙古族声乐艺术进入了一个新的时代——德德玛时代。

当时除了主打歌曲《美丽的草原我的家》之外，还有《请喝一碗马奶酒》《道尔吉，你为什么不高兴》《草原姑娘爱上科研迷》《睡吧，睡吧，赛音呼罕》《狮子大王选歌手》等等作品也为大家所熟悉。

正当德德玛的事业蒸蒸日上的时候，不幸降临在她的身上。在日本的一次演出中她得了脑溢血，摔倒在舞台上。抢救过来之后她右半部分偏瘫。但德德玛没有就此倒下，她有一个强大的内心。她坚强地活下来，用生命放声歌唱。她用不听话的右手抓豆子，撒在地上，再一个一个捡起来。捡不起来她坐在地上哭，骂自己无能。然后再接着训练。她家住在 13 楼，她坚持一步一步爬楼梯，爬不动时歇一下鼓励自己继续爬。在刻苦努力中她终于站了起来，而且继续走上舞台为大家献上一个又一个好的作品。

德德玛的贡献是巨大的。《美丽的草原我的家》经她演唱成为世纪经典，被联合国教科文组织纳入国际音乐教材，编入亚太歌曲集中。经她演唱的《父亲的草原母亲的河》《我从草原来》《蓝色的蒙古高原》等等都是大家耳熟能详的作品。1989 年，在全国十大女歌唱家比赛中获第一名。1991 年，随少数民族艺术团赴蒙古国演出获蒙古国国家文化艺术最高奖。德德玛是全国劳动模范，获得过许多大奖。

德德玛名望越来越大，社会地位越来越高，但她不忘旧情。2010 年，我需要动眼科手术，德德玛给我介绍了北京一个很好的大夫，使我得到很好的治疗。我们全家都感谢她。在 2015 年春节期间我们两家人的聚会上德德玛深情地说："我是幸运的，得到《美丽的草原我的家》这样的好作品。一个好的作品立起一个好的歌手，如果没有这个作品我也出不来。我要感谢火华老师。没有火华老师的歌词就没有阿拉腾奥勒老师的曲子，没有阿老师的曲子也就

2015 年作者与德德玛两家人的聚会

没有我德德玛。”德德玛这几句话让我心里很热；与德德玛合作是愉快的，再苦再累也值得。

在内蒙古自治区成立七十周年之际，德德玛和她的艺术学院正把一部经典的歌舞剧搬上舞台，这是一个好作品，值得期待。

德德玛是为艺术而生的，她的生命里只有艺术；为了艺术她可以献出一切。德德玛用生命诠释艺术，她的艺术就永远有生命力。

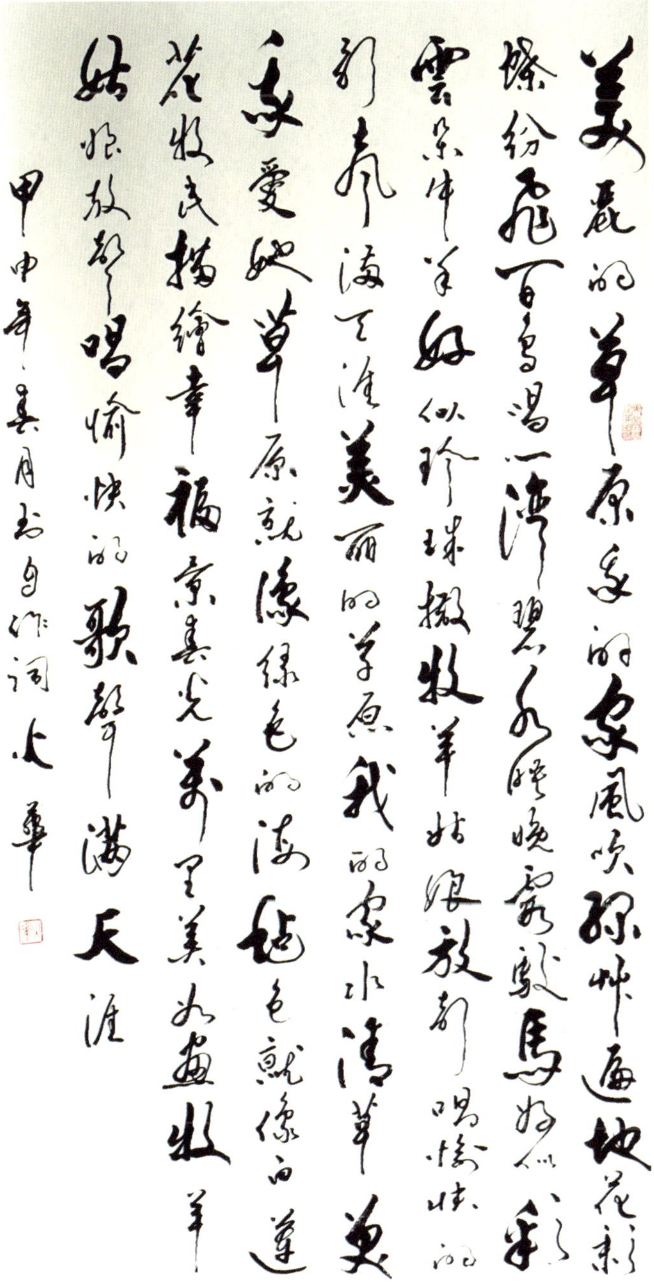
美丽的草原我的家风吹绿草遍地花彩
蝶纷飞百鸟唱一湾碧水映晚霞骏马好似彩
云朵牛羊好似珍珠撒牧羊姑娘放声唱愉快的
歌声满天涯美丽的草原我的家水清草美
我爱她草原就像绿色的海毡包就像白莲
花牧民描绘幸福景春光万里美如画牧羊
姑娘放声唱愉快的歌声满天涯
甲申年夏月书自作词 火华

《美丽的草原我的家》手稿

德德玛送给作者的生日礼物

我所认识的马玉涛

说起歌唱家马玉涛和内蒙古有不解之缘，她在 14 岁时参军到绥远军区文工团工作。绥远后来成了内蒙古。她对内蒙古军区文工团人很亲切。总觉得是自己的老部队。当年她在绥远军区文工团里担任独唱、合唱，打过扬琴，管过服装。领导让干什么她都干得很好。吃苦耐劳无怨无悔。

后来，马玉涛调到北京军区战友文工团工作。她依然是让干什么就干什么。干一行爱一行，不干则已，干就干到最好。她除了在本团演出外还经常到前线、边防、救灾第一线参加慰问演出。她说：“我不是‘海参、燕窝’，我是老百姓喜欢的‘窝头咸菜’。只要群众需要我，我都会去演出的。我的任务就是为人民群众服务。”

在业务上她虚心向老师学习，博采众家之长，丰富自己的演唱技巧。渐渐地形成了自己的风格，成为大家心目中最喜欢的歌唱家。在 20 世纪马玉涛的名字几乎家喻户晓尽人皆知。由她演唱的歌曲很快便在全国各地广为流传，如《见了你们格外亲》《老房东》《众手浇开幸福花》等等。让人最难忘的是她的《马儿呀，你慢些走》。这首歌让人

作者与马玉涛（右）

们百听不厌。她的歌声悠扬婉转，声情并茂、荡气回肠。把对祖国大好山河的赞美表现得淋漓尽致。所有听过她演唱的人无不为之感动。成了风靡一时的作品。马玉涛也因此获得极高的荣誉。

一路走来，马玉涛硕果累累，成就非凡。她先是在第六届世界青年联欢节上获金奖，后又在一至四届全军会演独唱比赛中获一等奖。她成为国家一级演员、歌舞团副团长、全国人大代表、三八红旗手等等。在那个年代哪里出现一个好歌手，常常被人说成某某地区的马玉涛。这被认为是一种很高的荣誉。当时内蒙古生产建设兵团中就有一位“草原马玉涛”走到哪里都特别受欢迎。

在全国音乐家协会第四次代表大会上，我和马玉涛都是解放军代表团成员。朝夕相处，马老师很热心地关照来自边疆少数民族地区的同志。她发现我喜欢书法，在休息时间里请一些人写字。她说：“我不会写字我领你见个人，他的字写得好。”说着她拉着我来到一个房间，这里住着音乐家、书法家、空政文工团团长黄河同志。黄河是当年抗敌剧社的成员，为歌剧《董存瑞》、电影《女飞行员》写过音乐。是全国文联委员，资深书法家。马老师进得门来没有和周围人打招呼直接把我介绍给黄河。“这是内蒙古军区的词作家火华同志。来，你给他写幅字吧。”说着便裁纸、倒墨忙了起来，还催着快点写。这么熟悉是什么关系呢？我向写马玉涛老师打听。马老师笑了；“这一点我忘了告诉你。他是我丈夫。” 这句话引起屋里人们一阵欢笑。黄河给我写了一个条幅“竹雨松风梧叶，茶烟琴韵书声” 马老师又让他写了第二幅字“笔墨当随时代”。她把第一幅字举得高高给我看“你看行不行？”说实在的这幅字写得太好了。黄河的字我在不同场合见过多次，这次给我写的是上乘之作。潇洒飘逸，超然物外，不经意间透出仙风道骨和浓浓的书卷气息。回到家后我把这幅字挂在卧室，百看不厌。黄河在书法界名次不一定靠前但是这幅字堪称经典，我是把它当成字帖来临习的。每次欣赏总能从中学到一些东西。当然也会想起黄河老师马玉涛老师和那珍贵的瞬间……在我写完这篇文章准备发表时第一幅字怎么也找不到了。只好把第二幅字发表在这里与大家共享。

马玉涛让丈夫黄河给作者写的书法作品

相遇吴雁泽

我和吴雁泽的相识是在山东烟台。20世纪90年代国家文化部在烟台召开全国文化系统党建工作会议。我因为当时兼任内蒙古文化厅机关党委书记，参加了这次会议。著名男高音歌唱家吴雁泽也是由于有党内职务参加这次会议。吴雁泽同志在当时已经很有影响，几乎人人都认识他。但他特别低调，从不张扬。恭恭敬敬地对待每个人，以普通一员的身份按时按点参加会议。

我见到吴雁泽，发现他的个头、五官相貌特别像成吉思汗。我当时萌生了一个要写《成吉思汗组歌》的念头。用大型的声乐组曲展现成吉思汗戎马征战的一生。由吴雁泽同志担任主唱。就他这个形象稍加化妆，穿上当年的蒙古族服装。他就是一个活脱脱的成吉思汗。再加上他那么诱人的歌声，这个节目肯定走红。当然这只是我个人的想法。要搞成它绝非易事。

这次会议安排得比较轻松。晚餐后基本无事。我直接找到吴雁泽谈了自己的想法。没想到我们二人一拍即合。他特别高兴愿意接受这一角色。而且要决心唱好。他对演

作者与吴雁泽（右）

唱蒙古族歌曲有着浓厚的兴趣。在烟台的日子我们谈组歌谈艺术，也谈人生谈友谊。我们相互交流了许多。

当然组歌的事情我没有联系成功。原因是多方面的。包括经费问题。当时自治区拿不出这笔经费。因此也就只好做罢了。吴雁泽表示理解。他说这本来就是政府行为，政府拿不出钱来做，任何个人都没有办法做。这件事没成但我们交成了好朋友也是可喜可贺的。

吴雁泽1940年出生，山东博山人。他的父母都是行医的，他的生活条件从小比我好多了。他很早就酷爱唱歌。1959年考入中央音乐学院声乐系。系统地学习了三年西洋唱法。后来又专修民族民间唱法。1964年毕业，分配到中国音乐学院，后来对调到武汉歌舞院担任独唱演员。先后在武汉、北京、上海、天津等城市举办个人独唱音乐会，都获得成功。他的老师蒋英告诉他一句话，让他终身受益。蒋英说："发音要像天鹅绒那样柔美。” 他每次发音都在找“天鹅绒”的感觉，终于找到了，所以他的音色特别美。他唱歌感情真挚，行腔、吐字、韵味都有独到之处。善唱民族特色的歌曲，又有唱西洋作品的深厚功底。他在意大利演唱《我的太阳》引起意大利音乐界的交口称赞，为中国人赢得荣誉。他主要演唱的曲目有《清江放排》《一湾湾流水》《青春之歌》《再见了，大别山》《草原上升起不落的太阳》等等。他是全国政协委员，中国文联副主席，中国音协党组书记。

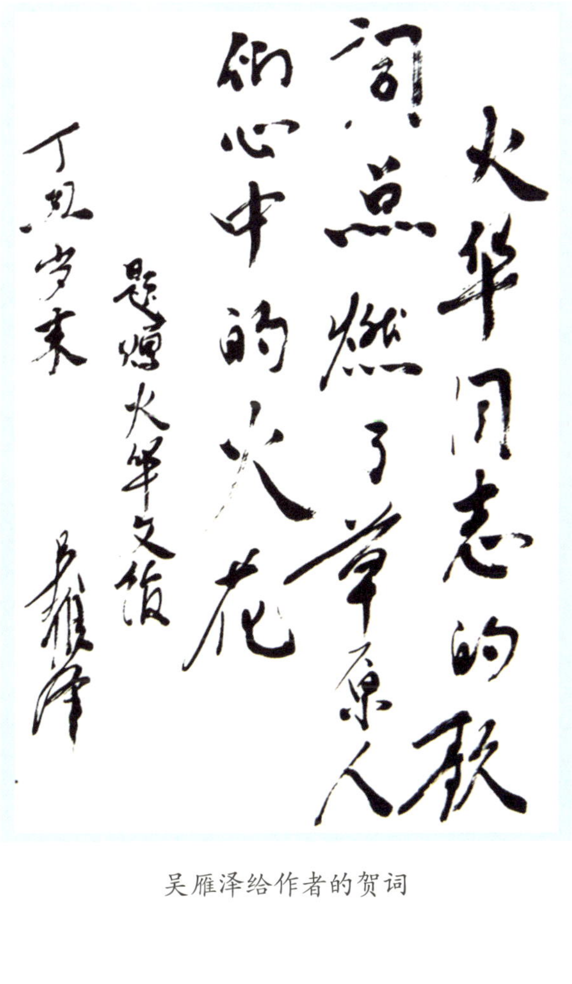

吴雁泽给作者的贺词

1995 年我和老伴去北京看他，他特别热情地接待了我们。临走时他提笔写了一幅字："火华同志的歌词点燃了草原人们心中的火花。题赠火华文馆， 丁丑岁末吴雁泽"。我感谢他的真诚与炽爱，永远珍藏着这幅字以及这份友情。

倖丽和她的女儿田震

田震是红极一时的歌星，她歌迷甚多、“粉丝”如云。还有许许多多的模仿秀。成为一个时代歌后标志性人物。而我认识她并不是她走红时期，而是在她比较小的时候。我是先认识她母亲倖丽之后才认识她的。

倖丽曾经是成都军区歌唱演员，是瑶族女高音歌唱家。她和从朝鲜回国的志愿军田振华结婚后，就从部队转业，在中央人民电台从事音乐编辑工作。大概在20世纪80年代，内蒙古电台有位记者写了一篇广播稿《火红的年华绿色的歌声——介绍词作家火华和他的部分作品》。倖丽看到这篇稿件，引起了高度重视。她觉得一个汉族同志在少数民族地区取得这样的成绩实在难得，就安排了黄金时段播出，并在广播报上刊登文章予以介绍。播出时间一个小时，时而叙述、时而歌声。介绍了我的生平和作品。这在当时电视不发达、人们主要靠听广播来获取信息的时代，是件很轰动的事情。就连我的老家穷山沟里都知道了这个消息。这给我带来很大的鼓舞。后来华北音乐节在内蒙古召开时，她来到呼和浩特并且到我家里访问，这让我喜出望外。她

作者与俸丽（右）

不仅鼓励我搞好创作外还给我的妻子孩子带来一些小礼物，让人倍感温馨。她比我大几岁，人们都亲切地叫她俸丽大姐。这以后两家人就像亲戚一样往来。有一次我到俸丽家，老田大哥非要让我题字不可。当时我还没有练书法，怕写不好，我说等练好再写。田大哥不干，非要现在写才行。“等你以后练好，你的字值钱了，我就要不起了。” 记得当时我给俸丽大姐写了四句诗：

华夏乐坛一良师，
江南塞北人共知。
丹心化作三春雨，
桃李润开千万枝。

当时我的字写得一般，但尚能表达我的一种心情。

有一次我在北京参加词作家的会议。俸丽大姐打来电话让我去她家吃晚饭。她家在中关村。离公共汽车站还有一段距离，她让女儿田震去车站迎接。我晚上如期而至，果然见到了这个小姑娘。田震穿着黑上衣黑裙子，脖子上挂一串小饰物和钢笔钥匙之类的东西。“你是田震吗？”“是！”“我是火华。”“叔叔好？”她的笑容很单纯很开朗。

那天晚上俸丽大姐家聚集了好多词作家。有北京的陈奎及，江西的颂今，广西的曾宪瑞、黄淑子等等。俸丽大姐和女儿田震热情地招待我们。酒席宴上伶牙俐齿的女词作家黄淑子频频向我“发动进攻”。我想她是看我老实憨厚少言寡语，又是从内蒙古走出去的军人，想试我一试。这正好激发了我的潜能把我的口才超常发挥出来。我每次“反击”都有笑话与幽默故事相随。搞得满堂笑语情趣盎然，不仅给宴会添了彩，还置黄淑子于无奈。几个回合下来，黄淑子说：“真没想到火华是个最难对付的人。”一些人说我为什么不去写相声，你要写相声准火。黄淑子很善良热情，三十年后在网上相遇说起此事仍兴奋不已，开心大笑。在当时这情景田震一直在旁看着笑着。听说俸丽大姐有三个儿子，我从来没见过。只有田震不离左右，这是不是为了培养田震的音乐爱好做的准备呢？

事隔不久，田震随演出团来内蒙古演出。这真是个好消息。她果然走上了妈妈的声乐艺术之路。老田大哥来电话说孩子小，没出过远门，请火叔叔多照顾。我到呼和浩特新城宾馆把田震接回家里。让妻子给她做可口的饭菜。田震特别懂事，她天资聪颖，待人很有礼貌。来我家不久便和我的儿子郑火女儿郑华交成了好友。和我一起在我家的海棠树下合影留念。在她演出时我们全家到场观看。她的演出是成功的。声音很美很有感染力。但当时在传统思想的影响下，有的人对流行歌曲很排斥。当时我儿子郑火还在上中学，就在《呼和浩特晚报》上发表评论文章为田震姐姐鼓劲助威。尽管文章还很稚嫩，但这有可能算是对田震声乐艺术的最早的评论。

后来内蒙古电视台录制《大漠之歌》的时候，我请田震唱我写的《沙海蜃楼》《鸣沙》。唱得非常成功。很有震撼力。我感到田震是个有实力的歌手，将来必成大器，她有可能成大歌唱家。

几年过去了，田震的发展让世人震惊，当我再了解她时那是在央视及各大新闻媒体上了。她得了许许多多的奖。她唱的《风雨彩虹铿锵玫瑰》《我热恋的故乡》《干杯朋友》《执着》《野花》《月牙泉》《好大一棵树》等等都是脍炙人口的作品。她是全球华语榜中榜最佳女歌手、香港十大中文金曲最受欢迎女歌手、中国原创音乐全国至尊荣誉歌手。作为歌手田震太辉煌了。我这支笔很难概括她的成就。我真为田震和倖丽大姐感到高兴。

作者与田震（左）

听说田震得了病，我衷心地祝愿她早日康复重返歌坛，再创新的辉煌。

俄罗斯为陈昊苏授勋

2006年是俄罗斯中国友好协会成立50周年，应俄方邀请中国派出友好代表团。我有幸作为代表团成员参加了这次活动。陈昊苏同志是中国人民对外友好协会会长，又是中俄友好协会会长。这次是由他率团前往的。

10月23日下午3时，俄中友协成立50周年庆祝大会在莫斯科社会大学礼堂举行。主席台上悬挂着以熊猫和熊为标志的俄罗斯中国友好年活动的图案。陈昊苏、伊万诺夫、季塔连科、库里科娃、朱可夫、奇克文斯基、朱佳木、刘恕、中国驻俄罗斯大使馆公使衔参赞李会来、罗高寿、李敏在热烈的掌声中登上主席台。中俄友协会长陈昊苏、俄中友协会长季塔连科发表了热情的讲话，双方叙述了两国的友谊和发展。在俄中人民友好的历史上留下了许多闪光的事迹，也留下许多闪光的名字，在我们庆祝友好发展的今天不会忘记为此做出过奉献的先人们。在我们参加会议期间，会场上爆发出热烈的掌声，原来是普京总统给大会发来了贺电。他祝俄中友好事业不断向前发展，取得更大的成绩，祝俄中友好万古长青。

1992年，陈昊苏（右三）在作者家做客

俄中友好协会表彰为友好事业做出贡献的陈昊苏，授予他俄中友好贡献奖章。在音乐声中季塔连科把奖章佩戴在陈昊苏的胸前。应该说昊苏同志得到此项荣誉是当之无愧的。他的一生大部分时间都献给了中国人民对外友好事业。他是中国人民对外友好协会会长同时兼任中俄友好协会会长。对于推动中俄民间友好做出巨大的努力，据我所知，有几次俄罗斯国家领导人到中国访问就是他邀请来的。陈昊苏在俄罗斯和其他国家是很有影响的。在我出访的一些国家中，见到他们的宣传资料上都印有陈昊苏的题字和照片。在昊苏的诗作中《中俄友谊之歌》《访问苏联》《纪念普希金诞辰200周年》《中俄建交50年》《走进俄罗斯》《到访新西伯利亚》《在红场看阅兵》等等都是写中俄友谊的。读着他的诗感到他炽热的情怀，他是在用自己的心去和俄罗斯对话，用自己的心去爱那里的人民。在诗的字里行间听到他涌动的心潮。说起他热衷于国际交往的事情是很有渊源的。他的父亲陈毅元帅就是有名的外交家。陈毅继周恩来之后是新中国的第二任外交部部长，是任期最长的外交部部长。也是中国人民最喜爱的、最有人格魅力的外交部部长。从 1958 年 2 月至 1972 年 2 月病逝他一直在做外交工作。1958 年陈毅元帅刚刚以副总理兼外交部长身份陪周总理访问朝鲜。当时中朝两国政府宣布中国人民志愿军已完成抗美援朝的国际主义义务，将在年内全部撤回中国。陈毅元帅在与志愿军领导见面时引用《史记·魏公子列传》中的名言："人有德于公子，公子不可忘也；公子有德于人，愿公子忘也。"事实上中国与各国的合作关系中一直奉行着这样一条崇高的道义原则。我们对友好国家的支援不图回报，而对来自友好国家的支援时时铭记。昊苏同志从父亲那里继承了这些好的思想和崇高的道德，怀着感恩的思想去工作，在人民外交的事业上不断取得新的成绩。他们父一辈子一辈都在为中国去交朋友，为中国拓展国际舞台，他们在人民心中的印象是美好的。

陈昊苏（左）向作者赠送陈毅元帅画册

陈毅元帅的诗写得好，人称诗人元帅外交家。他才华横溢大气磅礴。昊苏继承了父亲的优点，他的诗意境深远，词彩华美。无论是格律诗还是白话诗都写得很出色。我和他是在诗中认识的。我们彼此用诗问候，用诗祝福。也在诗中了解他的为人与工作。昊苏同志在工作中将三分之二的时间献给了人民友好事业。他潜心研究各国的国情以不同的情况开展多姿多彩的民间外交活动，取得可喜的成就。他在各国友好人士中有很高的威信。他像父亲那样成为受欢迎的人，也为国家树立了良好的形象，为国家发展创造了很好的外部环境，为人类的和平贡献了力量。

2017 年 10 月我收到陈昊苏的贺信和他夫人秦昭的一幅画。这成了我最珍贵的纪念。我把信和画发表在这里与大家共享。

火华同志：

在你七十五岁寿诞之际，我谨奉上我夫人秦昭去年的画作一幅，向你表达诚挚的祝福。盼你身心两健，快乐安康，馨香益远，永葆青春。

陈昊苏

2017 年 10 月

陈昊苏夫人秦昭送给作者的画作

粤剧红派艺术创始人红线女

1999 年年底是澳门回归的日子。我随文化部组织的代表团来到澳门。住在东望洋山的皇都饭店。在这里能见到许多来自各地的艺术家。也就在这时我认识了粤剧一代宗师红线女。她说她已经 75 岁高龄了，但我觉得她很年轻，看上去只有五十来岁的样子。

因为我们北方人很难看到粤剧，但红线女的大名我是有所耳闻的。我从一些报刊上获得她的信息。知道她是著名表演艺术家，她为中国粤剧艺术树立了不朽的丰碑。

说到这些她总是说，她不过是特别爱这门艺术，愿把终生献给它。总想为它做些事情。她听说我是从内蒙古来的，她对蒙古族是很有兴趣的，她演过《昭君公主》《一代天骄》。这些都是和内蒙古息息相关的。

在澳门的那段日子里，我们同住一个楼又同在一个餐厅就餐，总有一些见面的机会。我有兴趣问她一些问题她也很愿意谈起有关事情。

红线女原名叫邝健廉，1924 年出生在广东。住在广州西关，小时候常随母亲去看戏，回来就学着戏里的样子演唱。

作者与红线女（右）

她学得有模有样，这引起妈妈的极大关注。后来日本鬼子侵占了广州，她失去上学的机会，妈妈就带她到了香港拜舅母为师学习粤剧。舅母是粤剧表演艺术家何英莲。舅母教得认真她也学得认真。当初她扮演个小丫环，跑跑龙套。后来经过她努力学习、用心体会、终于可以担当重要角色，渐渐地成了剧团里的当红花旦。她把传统的唱法与京腔、昆腔以及西洋唱法相融合，创造了独具特色的“红”派艺术。这在香港特别有影响。她演出的《蝴蝶夫人》《清宫恨史》《一代天骄》等剧目都引起轰动。

1955 年，她回到广州，在广东粤剧院任副院长。曾代表国家到朝鲜、越南演出。1988 年，她率团到北京演出，受到热烈地欢迎。得到党和国家领导人的亲切接见。

人称她的唱腔龙头凤尾跌宕起伏，音域宽广，清脆秀丽，刚柔相济。是一代名媛。她主演的作品还有《关汉卿》《荔枝颂》《搜书院》《李香君》《山乡风云》《白燕迎春》等等，这些都成了我国艺术宝库的珍品。

红线女的贡献是巨大的，她得到人民大众的爱戴。被称为人民的红线女。“她的生命属于艺术，她的艺术属于人民。”红线女是第二届全国政协委员、第三、四、七、八、九届全国人大代表。2009 年荣获首届“中国戏剧终身成就奖”。

2013 年 12 月红线女离开了我们。举世之悲痛。中共中央政治局七名常委送来了花圈。各界人士沉痛哀悼。上千人在雨中为这位艺术大师送行。

红线女走了，她的艺术，她的精神永留人间……

央视春晚第一代导演邓在军

1983年，由黄一鹤、邓在军导演的首届春节联欢晚会之后已经过去三十多个年头。它成了中国人的新年文化大餐，成了世界华人的记忆。在首届之后，邓在军多次担任春晚的总导演，不知有多少经典作品出自她之手，不知有多少名家从她那里走出来。有多少演绎新人通过她一夜走红。有多少民间的艺术通过她推向世界。她成了人们心目中一颗灿烂的明星。

20世纪80年代有个华北音乐节，分别由华北五省区在各省区轮流开展文艺会演，进行艺术交流。有一年音乐节在内蒙古举行。邓导为了选春晚的节目也来到呼和浩特市。有人告诉我说邓导提出要到我家访问，这让我很吃惊。有一天晚上我在家里洗脚准备上床休息，突然有人敲门说是邓导来访。这让我手忙脚乱。我在屋里说不知邓导前来，请先在客厅休息，我把手洗干净马上就来。

这是我第一次见邓导，她为人和气，笑声爽朗，具有很强的亲和力，和你一见面就没有距离，如老友重逢一般。她问了我的创作情况，还赞扬了我的作品，我那点东西在央视大导演面前真是不值得一提。随他一起来的还有中央

作者与邓在军（左）

电台音乐编辑倖丽、《深圳特区报》的记者程太、金陵之声电台的编辑王吉玛。倖丽此前为我在中央电台作过长达一小时的专题节目《火红的年华，绿色的歌声——介绍词作家火华和他的部分作品》。她也向来者介绍我的情况。记者程太在匆忙地做着记录。不时地问我一些情况，邓导对我爱人非常友好。倖丽大姐还给我儿子郑火女儿郑华带来北京的糖果。真不愧是大导演，让家里的气氛特别和谐，这是一个难忘的晚上。临走时约定择日在我家吃饭。邓导欣然允诺。

在约定的时间邓导一行如期而至。那时请客都是在家里进行，无非是些炒鸡蛋、西红柿拌白糖之类的东西。为了把饭做好还请了我的学生、武警部队的冉炜君来帮厨。现在看来当时实在是太简单了。但大家都特别开心。说了许多故事，大家对邓导的身世才有所了解。她的丈夫是周总理的亲侄子叫周尔均，在国防大学工作。在搞对象时出现一些波折，经过周总理对双方进行说合，才使他们步入婚姻的殿堂。席间我还提起在内蒙古插队的周总理的侄女周秉建的事情。邓导说她这次来内蒙古想看看秉建，这件事就落在了我的身上，由我来联络此事。就餐结束时邓导坚持要和我们家人合影，于是留下这张珍贵的照片。

作者全家与邓在军一行

对于周秉建我是了解的。她是歌唱家拉苏荣的夫人。拉苏荣和我很熟，他唱过我的作品，也常到我家要歌词。第一次他向我介绍他夫人时，周秉建穿的是一件白茬皮袄。朴素得让人吃惊。在我心里她是大国总理的侄女，我常把她比成文成公主、王昭君，一见面发现她的穿着像个普通牧民。是周总理教育得好，她插队时表现好在部队征兵时牧民推荐她入伍。当她入伍回到北京时，周总理坚决让她回草原要她和牧民在一起生活好好学习，改造自己。她遵照总理的指示，脱掉军服再次回到草原。由于她表现特别好，工作很有成绩，再次上调到自治区任团委书记。她与垃苏荣的结合也得到了邓颖超的肯定。

左起：垃苏荣、火华、周秉建

当年通讯和交通工具都很不方便。我费了好大劲儿搞到了一辆白色面包车，拉着邓导到了周秉建家里。二人见面拥抱在一起痛哭流涕。周秉建说：“你是第一个来看我的娘家人。”说着大哭起来，这里边有多少辛酸的往事，有多少骨肉亲情。我把头转了过去，过了好一会儿周秉建才转过身来向我打招呼：“感谢火华老师从中联络，要不，我很难见到家人。”

那一天完全按蒙古族的风俗接待邓导。献哈达，吃蒙餐，敬酒。说了许多话。在临走时又敬了上马酒。把酒瓶里剩下的酒倒在汽车的四个轮子上。相当于马的四个蹄子，让酒随着客人一起走。这是我难忘的一幕。

邓在军在央视执导五十余年。除了春晚外还有各大型文艺节目。创造下丰功伟绩。她冒着很大的风险推出了李谷一的《乡恋》、费翔的《冬天里的一把火》；推出了姜昆的《虎口遐想》、牛群的《冒号》等相声作品；推出了阎维文、蔡国庆一代新人。她的成绩数不胜数。举任何例子都会有以偏概全挂一漏万的感觉。

让我们衷心地祝她晚年幸福安康。

书法家林岫

我认识林岫是非常偶然的。在1987年中华诗词学会成立大会上，有一位女士引人注目。她四十来岁，长得清秀，穿一身黑衣服整整齐齐，给人以干练清爽之感。会上会下总有人在她的身边，特别是港澳台来的诗人们。有不少人请她签名、留地址，她也给我留了地址。我方才知道了这个人名叫林岫，但她是干什么的有什么成就，我真的是一点也不知道。加上我一直认为自己是“土包子”从来不爱凑热闹的个性，也就没有再与之来往。

我出于对书法的热爱，带着半刀宣纸进北京，在中华诗词学会开会期间，我在自己房间备下文房四宝。请诸位诗家学者留下诗词墨宝，不少人在我房间写字画画。当时有一家小报报道大会花絮时还专门写了《火华发了“书法财”》的文章。我这个小屋很热闹，来的人也越来越多。我的两个好朋友河北的刘章、辽宁的姚莹提议我要请一下林岫，她是书法大家。我说你们请来不就行了嘛。结果他们回来说，必须你亲自去请才行。这两个要字心切的人见我一动不动，就把我生拉硬拽到林岫面前。我只好说：“林

左起：香港画家唐碧诊、林岫、火华

先生，您是书法大家，请您到我的房间与各位书法爱好者小聚，多多指教。”林岫说：“你终于来了。你一走进会场我就认出你来了。前几天中央电视台播出电视专题片《草原词作家火华》，我从头到尾都看了，我很敬佩你。我也知道你在请人写字，没有请我大概是我的规格不高吧。”我说：“我见你被港澳台的诗人们包围着，不好意思打扰你。”林岫走进房间，爱好书法的人对她非常认可。刘章和姚莹得到了自己想要的一幅字，高兴地向我做了个鬼脸跑掉了。也许是林岫怕我尴尬，她就跟我讲了大人物有时做些小事情，向小人物表示学习，这都是很可爱的事情。还举了一些例子来说明。最后把我给逗笑了。这时她给我写了她自己的两句诗。

岭上梅花多傲骨
偏逢清水压枝低

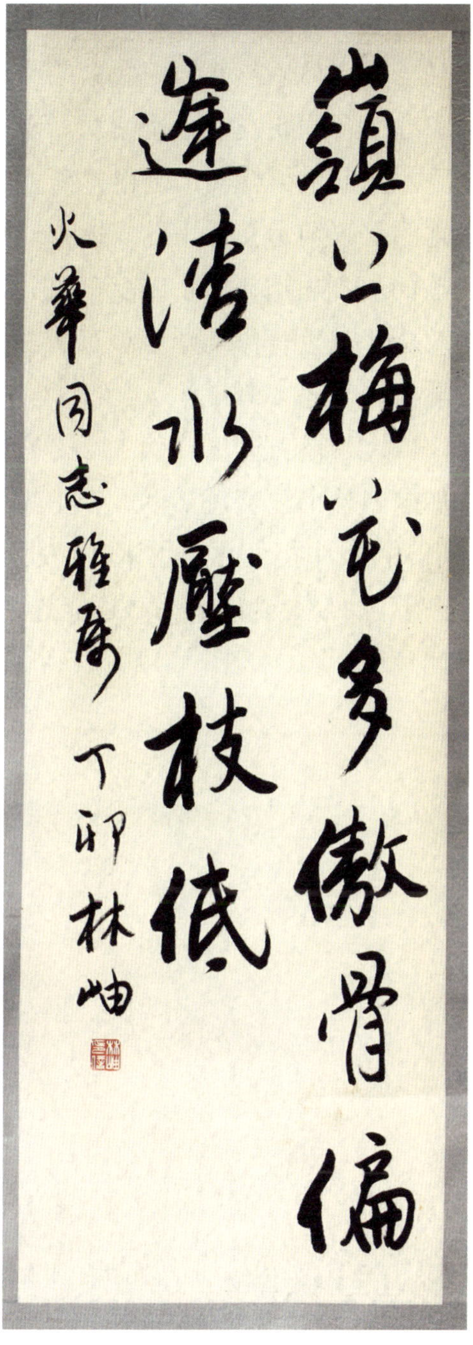

林岫赠予作者的书法作品

火华同志雅属 丁卯 林岫

在以后的日子里，林岫热心地把我介绍给港澳台的朋友们。约我一起和港澳台的朋友们合影留念。看来人是需要相处的，相处之后才知道她很朴实，她很善良。

然而我对她的了解则是在后来的媒体中。她的一生成就斐然。她是中国书法家协会副主席、北京市书法家协会主席。中国新闻学院教授。一生著作丰厚。著有《古文体知识及诗词创作》《文学概论与艺术概说》（合作）、《古文写作》《诗文散论》《林岫汉徘诗选》《当代书坛名家精品与技法》等等。多次参加国内外书法交流活动，在中央电视台《中国风——诗书画坛》栏目中担任嘉宾主讲。她的影响是巨大的。

三十年过去了。如今看到她的书法还能想起当年的趣事。

画家塔琳托娅

20 世纪 70 年代我妻子金玉凤到木材公司上班，遇到一个好领导吴云娜科长，她宽容大度，体贴下属。这让我妻子很开心，很快熟悉了财务科的工作。为了表达感激之情她经常带我去吴科长家去拜访。吴科长的丈夫叫道尔济勒格，是自治区的一位厅长。这个名字与我写的一首歌主人公的名字一样。当年我写过《道尔吉，你为什么不高兴》这首歌。为什么不高兴呢，是因为他向一位姑娘求爱对方没有答应。这首歌经德德玛绘声绘色的演唱使它在观众中很有影响。吴科长见到我就向他介绍我的作品，和老伴开玩笑。道厅长很憨厚，总是开心地大笑。这使我们的交谈很轻松，道厅长是革命军人，在部队当过后勤部长有着很高的军人素养，有很强的工作能力。在家里有着极好的家风。

这二位老人有个女儿叫塔琳托娅，天资聪颖，能歌善舞。而且长得非常漂亮。后来被内蒙古军区文工团招为舞蹈演员。她的丈夫云中在文工团舞台美术组工作。我当时是文工团的创作组长，我们三人又成了同团的战友。这样的父一辈子一辈的关系，因此来往就多了一些。

作者与塔琳托娅（右）

塔琳托娅在文工团的表现非常优秀，她本身先天条件很好，再加上她刻苦努力，使得她的每次演出都获得成功。人们把看她的表演当成一种艺术享受。

不知什么时候塔琳托娅喜欢上了美术，而且是特别执着和坚定。经常参加军区组织的美术创作活动，这期间她搞的版画作品《阿库曼舞》《乳》《课余》等先后入选全国、全军美展，并在《人民日报》《解放军报》等重要刊物上发表，展露了在美术方面卓越的天份，迅速引起部队领导的重视，荣立二等功，当选全军“军地两用人才先进代表”，后来她如愿以偿地考上了解放军艺术学院美术系。有机会系统地学习了美术理论和画法技巧。在校学习期间又获得“全国版画三版展”金奖和“全国版画版种大展”金奖。毕业后因为成绩优秀留校任教。后来成长为教授和著名画家。她的进步是惊人的，她坚持以家乡文化为主题，以少数民族的生活为素材，

塔琳托娅的代表作《大漠秋风》

讴歌草原，反映时代的变迁。以独特的视角观察生活，表现生活。二十多年间用刀刻下无数版画作品，获得了四个国家级美展的金奖，取得了令人瞩目的成就与辉煌。中国美术家协会、中国版画家协会鉴于她在20世纪80至90年代在中国版画事业上的杰出贡献，授予她“鲁迅版画奖”。然而她并不满足这些已有的成绩，又在重彩画上下工夫，创造出具有浓厚个人风格的重彩画画法，让版画与重彩相融合，在不长的时间形成了自己的独特风格和理念，得到许多同行的赞誉。评论家邵大箴说：“托娅的重彩画增加了绘画语言的另一种表现性，使作品凸现出不同于其他重彩画的艺术感染力，别具另样风采。”

塔琳托娅的代表作《赶集归来》

塔琳托娅现在是中国国家民族画院副院长、中国美术家协会民族美术艺术委员会委员、中央国家机关美术家协会艺术顾问、中华全国青年联合会七届委员、获“全国新长征突击手”称号、内蒙古政协委员。她从事绘画艺术三十多年，在中国重彩画和版画两个领域均有突出的艺术成就和创新探索。多次获得全国美展的各类奖项。成功地在中国美术馆、内蒙古博物馆、天津美术馆、深圳文博宫等全国多地举办九次个人美展，作品多次赴美国、德国、意大利、日本、俄罗斯展出。有的被中国美术家协会、中国美术馆、神州版画院、香港文化促进会收藏。

塔琳托娅的名字意思是草原上的霞光，她从草原飞向北京，飞向全国，飞向世界，取得了辉煌的成就，为草原人民争得荣誉。我们衷心祝愿这道美丽的霞光飞得更高飞得更远，放射出更加夺目的光辉。

塔琳托娅送给作者的《双骏图》

中国书法家协会副主席旭宇

在一次朋友们的聚会上，几位青年书法家拿着旭宇为他们题写的书名给我看。我看到那熟悉又有些陌生的题签，心里一阵火热。青年书法家怕我不了解旭宇争相为我介绍。旭宇是当代书法大家，他是中国书协副主席、河北省文联副主席、河北省书协主席、中国散文诗协副主席。他提出楷书创新理念在书坛产生深远影响。

看着旭宇的字迹，听着人们的介绍，让我想起我和旭宇在一起的日子，想起我们在沙漠植树、修渠的场景，想起我们一起在小树林写诗的日日夜夜，想起诗集出版的坎坎坷坷……我为旭宇取得的成绩而自豪，也更加珍惜那段往昔的岁月。我随口说出一句话："旭宇的名字是火华给起的。" 这句信口说出的话引起人们的惊奇。怎么可能?国家书协副主席用了多年的名字竟然是一位内蒙古的同志给起的。这是真的吗？

是真的，而且千真万确。那是在 1972 年春天，我在兵团战友报社当编辑，分管文艺副刊。我收到了从兵团五师记者站邮来的一首小诗《小红梅》，一看就知道这是出自

1972 年 2 月内蒙古兵团报社全体人员合影。前排右二为作者，右四为旭宇

记者站站长许玉堂之手。我修改了个别字句准备发表，但署名却成了问题。当时思想很左，发表作品必须化名；谁要用真名，就被认为是名利思想。笔名还要革命一些，不能有“小资味”。

我想起了用谐音字来解决这一问题，可是“玉堂”两个字怎么也找不出合适的谐音字来。就在前两个字打主意。把“许玉”谐音成“旭宇”，取“旭日照寰宇”之意。虽然不是直接说革命，但也是阳光宏大、灿烂辉煌之意。没有征取本人的意见就在报纸上发了出去。谁知道他收到这张报纸很高兴，觉得笔名很好，从此就一直用了起来。没想到越用越火，后来成了国家书协副主席的名讳。

旭宇是河北唐山人，和我都是河北大学 1968 年的毕业生。只是我们在学校并不熟。他在教育系，我在中文系。后来一起到部队锻炼，参军到内蒙古生产建设团报社工作，当然就很熟了。我们两个人情趣爱好一致，出于对诗的热爱，下定决心干一番事业，出版一本军垦诗集。但这件事情必须保密，一旦走漏风声就全完了。当时的人特别“左”，让人知道会当成名利思想批判的。我们白天八个小时上班，只有晚饭后才是自己的时间，当时兵团总部门前有片小树林，就是后来的满都海公园原址，我们各自拿着写成的诗或者提纲在树林见面，探讨修改作品。当时家属都没有来部队我们过着单身生活。修改作品熬夜到两三点钟，实在饿了用茶壶煮点土豆吃上几个，香得不得了。这样的生活一直记忆犹新。

2018年旭宇发表了一首诗，记录了当年的情景。

寄火华友

——遥记四十年前一起创作

常怀春柳绿青城，
吟诗慢咀总从容。
短林日暮踏芳草，
小溪水浅无浮萍。
一步一句论诗晚，
云远云深残照红。
收步并肩回营去，
伏案新作夜挑灯。

这样努力工作我们终于创作出四十多首短诗。两个人满怀信心地到内蒙古一家出版社投稿。投完之后旭宇回到了自己家乡，我在岗位等待消息。我天天等日日盼，盼来的是个坏消息：退稿。出版社编辑对我说，稿子看过了，内容还不错。只是你们太年轻了，没有名气。谁能知道旭宇、火华是干什么的。你们慢慢写着，等有了一定名气再出版不迟。我就问，当前哪家出版社最权威。回答是人民文学出版社最权威，诗人李季主持工作。我们出书要看人民文学出版社的风向，他们怎么做我们跟着。我送走客人后挥笔给李季写了封信：

李季同志：

摆在您面前的这部诗稿不是什么优秀作品，而是被内蒙古一家出版社退回不用的作品。寄给您的意思是想让您看看我们的这些诗够不够出版水平。如此而已别无他求。

火 华

我随后又给旭宇写了一封信，说明情况。让他回来时经过北京一定去一下出版社问问情况。旭宇来信对我的处理方式表示很赞成。

终于盼到了旭宇回部队，他悄悄地告诉我出版社已经决定为咱们出书了。还有两件事，一是要对你我进行政治审查，二是分别在北京大学召开工农兵学员审稿会，在内蒙古建设兵团召开审稿会。如果没有大的问题就可以出书了。

书出版了。这是旭宇和我给大家的一个见面礼。

1976 年，内蒙古生产建设兵团撤销，我调到内蒙古军区工作，旭宇转业调往河北省文联工作。因为不在一起，不可能经常在一起修改作品，就以各自的名字发表作品了，没想到这又引起诗友们的猜测。有一次我在湖南参加全国歌词创作座谈会。女词作家郭兆甄要见我，托刘薇大姐介绍，刘薇说火华可好见啦，从没有架子。当刘大姐真的介绍时她感到很吃惊。说了一些读过我的作品，从中学到许多东西之类的客套话。在我和郭兆甄去岳阳的火车上她说了实话：“真对不起火华同志，我骂了你好多年。我和我爱人都喜欢写诗，在我们要结婚时到书店买了一本您和旭宇合写的诗集。当时认为你们二位是情侣或者是夫妻。我们两口子也发誓向你们学习。一定要在文学创作上干出一番事业来。后来你们分开发表作品，我们就认为火华出名后把旭宇给蹬了。就这样骂了你好多年，这次见你是个男人。我感到我们错了，不可能两个男人结婚或离婚，因为你名子上有个华字，错把你当成女人。真是对不起。”我听了

两家人分别多年再相聚。右起：旭宇夫人孙继光、旭宇、作者、作者夫人金玉凤

后觉得好笑。我说男女分手双方都有责任。为什么只说女方？她说她丈夫先骂女方她就跟着骂。我说他单骂我是在警告你明白吗？你要是和他离异就是我的下场。她说她今天才明白过来。

旭宇回河北创办《诗神》杂志，筹备建立书法家协会。他在诗歌、书法上取得了长足的进展。先后出版了《春鼓》《醒来的歌声》《云·篝火·故土》《旭宇短诗选》《白阳吟草》《会飞的黄鼠狼》《阳光下的泥土》《春鼓与海岸》等多部诗集。出版文艺理论专著《旭宇艺术随谈》《旭宇书法短简》等。先后出版书法作品集《当代书法精品集·旭宇卷》《旭宇诗书杂感》等十余部。他继承了中国文人的优秀传统，将书法与诗歌结合起来。臧克家称他为“融诗为书，化书为诗。其诗，清新自然，独树一帜；其书，刚健流丽，自成一家”。

我真为我的校友、战友、诗友旭宇所取得的成绩而高兴。

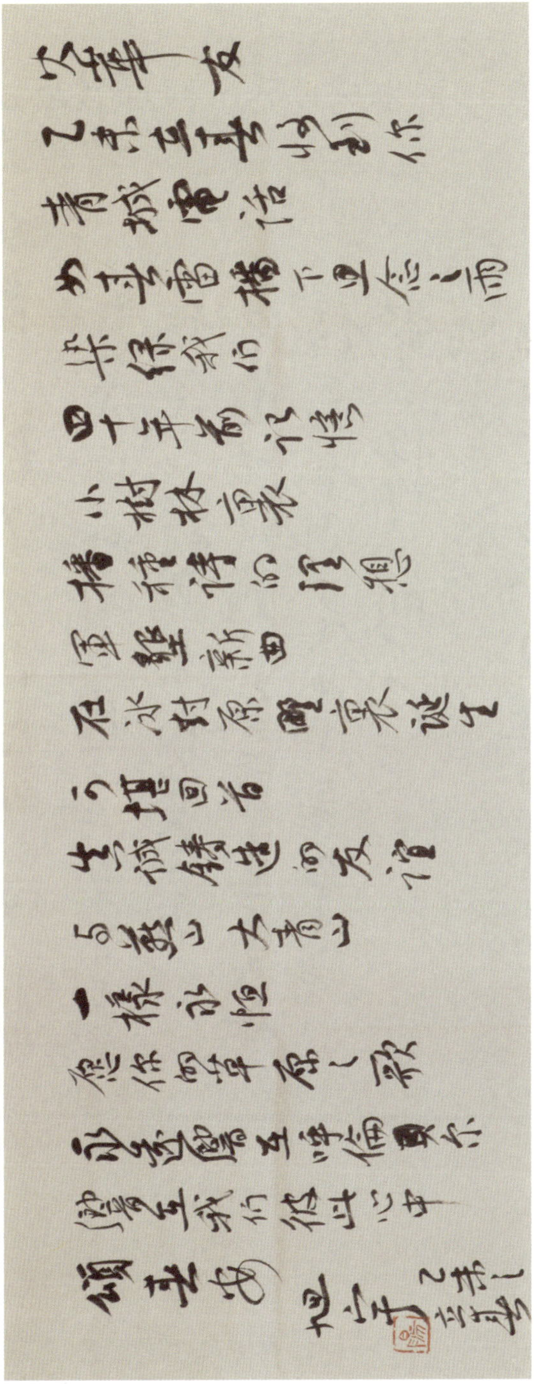

旭宇送作者的书法作品

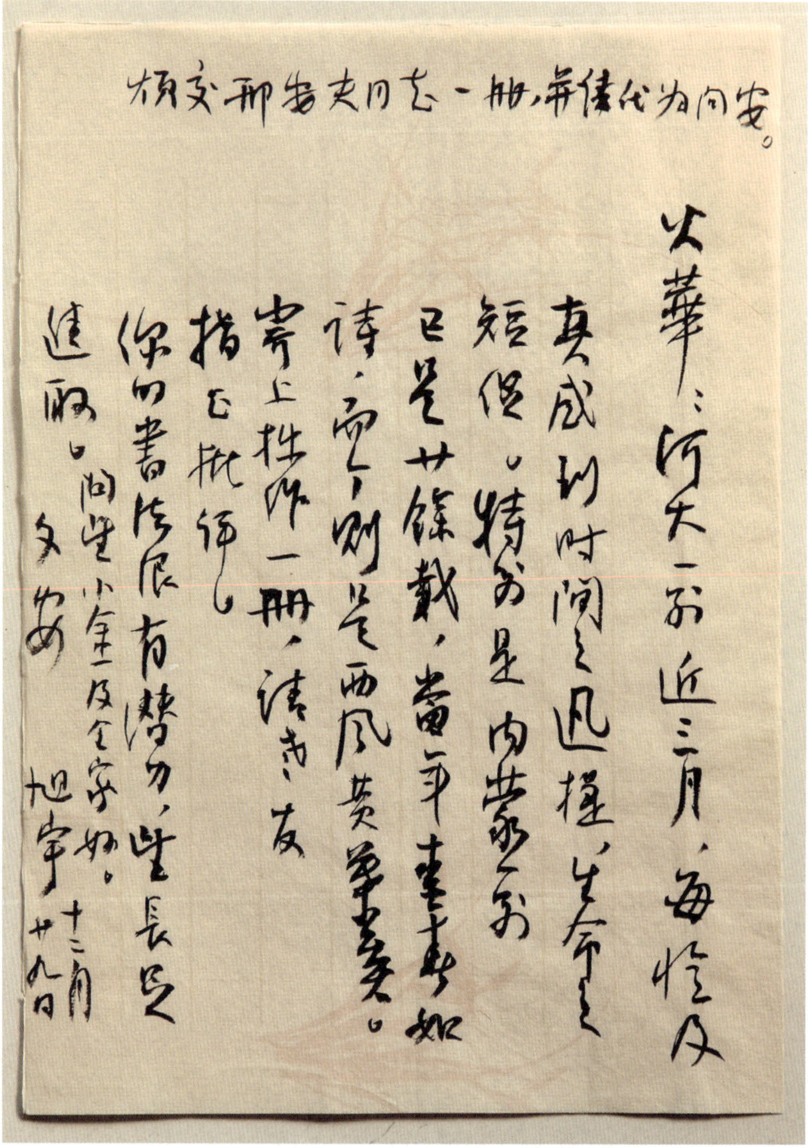
火華：行天一别近三月，每憶及
真感到时间之迅捷，生命之
短促。特别是内蒙别
已是廿餘载，當年來去如
诗，而今則是西风黄叶矣。
寄上拙作一册，请老友
指正批评。
你的書法很有潜力，望長足
進展。問候小余一及全家好。
文安
旭宇 十二月廿九日
煩交邢安夫同志一册，并请代为问安。

旭宇给作者的信

从《诗人徐志摩遗像》说起……

本来，在我的回忆文章中是不该有徐志摩的。因为徐志摩去世的时候，我还没有出生。后来有了关联是由一幅画所引来的。这幅画就是《诗人徐志摩遗像》。这里先要说明的是在我收到这幅画时已经不是张大千和胡亚光先生的真迹了。它是一幅印刷品。但画面上的印章以及背后的曲折故事是很有意思的。

1997 年 12 月 26 日，我收到香港商务印书馆总编辑陈万雄托人捎来的一幅画。画上写着“诗人徐志摩遗像”几个字。中间是很逼真的诗人徐志摩的肖像。落款是“胡亚光画像大千张爰补衣裾”，印章有“张爰之印”“大千”。在这幅画的右上方有一行字“万雄宗兄存。陈从周”，印章是“陈从周”，画右下方是陈万雄总编写的一段话：“此徐志摩画像，及陈从周先生惠赠，内涉多层渊源和掌故，曾送上陆小曼女士编徐志摩全集于火华先生，再转上此画像，此及诗人因缘，或可留点话谈。陈万雄敬赠”陈总编还寄来九卷本的《徐志摩全集》。在首卷的扉页上写着“瑾贺火华文库成立志庆。香港商务印书馆陈万雄 97 年 7 月 7 日。”

陈万雄赠送作者的《诗人徐志摩遗像》

他还寄来自己的著作《五四新文化的源流》一书，扉页上写着“火华文库惠存　陈万雄 97 年 7 月 7 日”。

要说明一下这里所说的“火华文库”是建在北京怀柔区的“火华文馆”。馆里陈列我的照片、著作、获奖证书、手稿等等。因为我是在怀柔出生的，当地政府做了这样一件事情。原来打算叫“火华文库”，后来感到不妥在开馆之前改为“火华文馆”。陈万雄在这里还用了原来的名称。

徐志摩是中国很有影响的作家。在诗歌、小说、散文、戏剧方面均有建树。他 1897 年生于浙江海宁，1918 年赴美国留学。1922 年回国与胡适等人创办《现代诗评》周刊。后任北京大学教授。他曾拜梁启超为师，与当时社会文化名人都有很深的交往。一生著述很多，影响极为广泛。也深受文化界的推崇。当年印度大诗人泰戈尔来华访问就是由他担任翻译的。他的一些亲属也很有社会影响。沈钧儒是他的表叔，金庸是他的表弟，琼瑶是他的表外甥女。

徐志摩在 1915 年与张幼仪结婚，后来又离婚，与林微因有一段缠绵的爱情故事。但只恋爱无结果。1926 年的“七夕”徐志摩与陆小曼在北京北海公园结婚，由胡适做介绍人，由梁启超证婚。据说是她们有过一段刻骨铭心之爱。徐志摩在北大任教，每周六要飞回上海与陆小曼团聚，周一再飞回北京。我们可以从许多存世的书信中了解他们这段时间的爱情生活。1931 年 11 月，徐志摩在从北京飞往上海的途中因飞机撞山不幸遇难。陆小曼得知此事悲痛万分。在处理完徐志摩丧事之后，她一改常态，完全改掉了过去的生活习惯。她戒掉了“烟瘾”，振作精神，开始编辑徐志摩的遗作，把编辑《徐志摩全集》当成她报答丈夫的一种宏愿，也成了她人生的不懈追求。这就是她所说的“遗文编就答君心”。这是一个艰巨而又十分浩繁的工作，仅征集徐志摩文稿书信就花费了许多时间和精力。苍天不负有心人，历尽艰难与坎坷在她有生之年终于编成了九卷本的《徐志摩全集》。《诗人徐志摩遗像》就是书中的一幅画。

然而天有不侧风云。正当陆小曼编好书稿怀着喜悦等待出版的时候，日寇发动了侵华战争，日军占领了上海。商务印书馆的机构撤到香港。日军占领香港后，印书馆又迁到重庆。书的出版陷入渺茫。抗战胜利了，商务印书馆又迁回上海。陆小曼去查找书稿，答复是：书稿可能在香港也可能在重庆。这使她陷入了深深的痛苦之中。

陆小曼所不知道的是这一大包稿子从香港运回上海后编辑部已经派人进行整理，校对而且打成了纸型，出了清样。为出版做了准备。到了 1954 年商务印书馆实行公私合营，对所有存稿、纸型做出处理。根据当时的情况《徐志摩全集》因不合时代要求没有出版的可能。将全部清样和纸型退给陆小曼保存。虽然不能出版，但稿子找到了，这让陆小曼喜出望外，高兴地落下了眼泪。

中华人民共和国成立后，陆小曼开始了新的生活，既画画又写文章，翻译泰戈尔的小说，后来还担任了上海文史馆馆员和上海人民政府参事。晚年的生活是幸福的。但她对一件事仍挂在心上，那就是出版《徐志摩全集》。

1965 年，陆小曼病倒了，病得很严重；料到自己很难支撑下去。她找到了亲友中对徐志摩最好的陈从周先生。陈从周是徐志摩的表妹夫并写过一本《徐志摩年谱》。徐志摩的前夫人张幼仪说：“从周弟是有心人，为了志摩的事花了不少心血，是唯一爱护他的人，比他自己的小辈超过万倍……”陆小曼预感到自己不能活着看见《徐志摩全集》的出版，将全部清样和纸型交予陈从周保管，希望有一天能够重见天日。

在陈从周保管这些清样和纸型的期间，“文化大革命”运动开始了。受人之托不敢疏忽大意，更不能造成损失，他通过朋友关系把这些东西交北京图书馆保存，使《徐志摩全集》逃过了一劫。1983年，香港商务印书馆要出版徐志摩的书，陈从周从北京图书馆取出了书稿，总算是完成了陆小曼的嘱托，也对得起徐志摩本人了。他感谢商务印书馆这一举动。他把《诗人徐志摩遗像》赠送给商务印书馆总编陈万雄先生。郑重地在上面写上“万雄宗兄存　陈从周”，并加盖印章。

陈万雄先生将这幅画及陆小曼亲手编的《志摩全集》(出版时定为《徐志摩全集》)送到我手中时，我感到沉甸甸的。历经磨难真情在，留存一纸念故人。看到这些，不禁让人想到二三十年代中国文坛上的许多往事，想到时代的风风雨雨，想到他们的情感世界……

陈万雄总编赠给作者的九卷本《徐志摩全集》